VENUS TRISTE

PREMIO DE NOVELA HISTÓRICA
GRIJALBO · CLAUSTRO DE SOR JUANA

ANA ROMERO

VENUS TRISTE

Una novela sobre la primera Miss México
y la pasión que la condujo al crimen

Grijalbo

Esta obra literaria es de ficción, tiene referencias históricas pero se trata de una novela.

Venus triste
Una novela sobre la primera Miss México y la pasión que la condujo al crimen

Primera edición: octubre, 2023

D. R. © 2023, Ana Romero

Esta novela fue escrita gracias al estímulo otorgado por el Sistema Nacional de Creadores de Arte

D. R. © 2023, derechos de edición mundiales en lengua castellana:
Penguin Random House Grupo Editorial, S. A. de C. V.
Blvd. Miguel de Cervantes Saavedra núm. 301, 1er piso,
colonia Granada, alcaldía Miguel Hidalgo, C. P. 11520,
Ciudad de México

penguinlibros.com

Fotografías de las páginas 7, 13, 14, 17, 25, 129, 163, 167, 175, 176, 181, 183, 188, 193, 196-197, 205, 210, 211, 214, 215, 216, 218:
D. R. © Reproducción Autorizada por el Instituto Nacional de Antropología e Historia
Fotografías de las páginas 75, 81, 140, 158: D. R. © Hemeroteca Nacional de México, Instituto de Investigaciones Bibliográficas,
Universidad Nacional Autónoma de México
Fotografías de la página 152: D. R. © Biblioteca Miguel Lerdo de Tejada

ISBN: 978-607-383-559-6

Impreso en México – *Printed in Mexico*

Al Gato, siempre

If I could kill you I would then have to
make another exactly like you.

The Beauty of the Husband, Anne Carson

He llorado gotitas de sangre del corazón.

Por un amor, Gilberto Parra

Prólogo

Se llamaba María Teresa Landa, pero la posteridad la conocería como la Viuda Negra.

Nació en 1910, un 18 de octubre. Trece días después de que Madero hiciera público el Plan de San Luis. Su padre siempre vio en ella el recordatorio de que el país se fue al carajo a los pocos días de que ella llegó. Su madre siempre supo que su hija, nacida bajo el signo de Libra y, por lo tanto, al amparo de Venus, no había llegado sólo a habitar el mundo, sino a revolucionarlo.

En ambas fotografías María Teresa es una mujer notable, aunque en una de ellas todavía tiene los rasgos de la niña que bregaba por dejar de serlo.

En la primera, tomada durante un paseo dominical, tenía medio año de haberse convertido en la primera Señorita México. Sesenta mil personas acudieron a su desfile triunfal.

En la segunda volvía a ser famosa, pero por haber asesinado a un general brigadier vaciándole encima el cargador de un revólver Smith & Wesson. La Viuda Negra mató a su marido el 25 de agosto de 1929.

También era domingo.

En la primera fotografía María Teresa era feliz. Tenía 17 años y en su tocador, por encima de polvos y perfumes, reinaba una muñeca. En la imagen sonríe y esa sonrisa descubre a la niña que sigue siendo: una que todavía juega a que la vida está por iniciar y se anuncia tan hermosa como ella misma. Y no es que el espejo o su madre lo digan, es que su belleza también ha sido declarada como la mayor del país, según lo declara la banda de Señorita México 1928, aunque para ese momento, su dueña sólo la recuerda cuando se la topa por casualidad en algún baúl; o al fondo del ropero, metida en una caja de zapatos, en vecindad de algunos recortes del semanario *Jueves* que jamás volvería a revisar. ¿Para qué más tendría necesidad de recordarla si, con o sin acreditaciones nobiliarias, tenía un reino entero a su disposición? El reino de La Vida Por Llegar.

¿Cómo no iba a sonreír? Hacía unas cuantas semanas se había casado con el amor de su vida e incluso su madre, Débora, su sostén, había terminado por aceptar el enlace con ese señor de dudoso pasado, con la suficiente edad para ser su padre y, para colmo, militar. Pero por su hija, por verle la sonrisa colgada de los labios, aceptó salir con la pareja, como lo atestigua la primera fotografía tomada en un airoso día de octubre, pongamos que en el transcurso de la celebración por el cumpleaños de la recién casada.

La segunda fotografía sí puede fecharse: 28 de noviembre de 1929, el día que comenzó el juicio del pueblo de México contra la Viuda Negra. Fue tomada en su dormitorio de la Cárcel de Belén, horas antes de que se encendieran miles de aparatos de radio para asistir, aunque fuera de oídas, al veredicto que daría el jurado popular, conformado por nueve varones elegidos por sorteo. Los periódicos calcularon que, además de las cien almas que alcanzaron boleto para entrar al Palacio Real de Belén, había unas seis mil abarrotando las inmediaciones del lugar en el primer día del juicio.

A duras penas puede creerse que se trata de la misma persona.

En la segunda imagen, una amiga y su madre acaban de asistir a María Teresa al momento de vestirse, cual si fuera una reina a punto de salir al balcón para que la turba exija su cabeza. Su madre sigue siendo su sostén, pero ya no hay sonrisas en ninguno de los dos rostros. Nunca volvió a haberlas.

En ambas fotografías aparece el mismo vestido. En la primera lo lleva Débora. En la segunda, su hija. Relevo. Cuerpos trasvasados.

El calendario indica que entre una imagen y otra hay poco más de un año, pero para María Teresa ha transcurrido la misma eternidad que habita tras el pestañeo que cambia la vida. Ésta es la historia de un pestañeo ocurrido una mañana de domingo.

Sábado 24 de agosto de 1929. 22:15 hrs.

De soltera, a María Teresa siempre le gustó dejar abierta su ventana en las noches de verano, cuando la lluvia la sacaba de las gruesas paredes de la casa familiar para remontarla a tierras ignotas, a viajes jamás realizados.

Cuando ya casada regresó a la casa de sus padres y su recámara de hija de familia se vio colmada con la presencia de Moisés, le gustaba el sonido de la lluvia todavía más porque la música del agua ya no sólo la conducía a un anhelo, ahora también la hacía viajar al pasado, a los recuerdos felices, a una panga meciéndose en la laguna de Catemaco y, admirándola, a las demás mujeres que rondaban por allí y la instaban a protegerse con una hermosa sombrillita de encaje. Levísimo artefacto que no parece haber nacido para proteger, sino para ser protegido.

También le daba por acordarse de los cadetitos en ascenso tan comedidos con ella, quién sabe si por quedar bien con el general brigadier Moisés Vidal y Corro, o porque querían tocar la piel de la Señorita México, aunque fuera sólo la de la mano que rozaban cuando ella aceptaba el ofrecimiento de apoyo para subir a la lancha que, siendo tres tristes palos, adquiría magnificencia cuando los recién casados la usaban para surcar esa laguna en donde, dicen, habitan brujas.

Cuando Teresa oyó la lluvia caer aquella noche citadina de agosto, víspera de todo, no sintió presagio alguno, pura añoranza por aquellos, los días más felices de su vida en las aguas de su luna de miel en Catemaco.

—Pero ¿qué dices, mi alma?, ¿qué les falta en felicidad a estos días? Y los que están por venir todavía —replicó Moisés sin poder despegar los ojos del trasero de su mujer y ya pensando en futuros felices e inmediatos, cuando sus manos de volcán se prendieran al menor contacto con la brasa de aquel cuerpo que le pertenecía.

—Es un decir. El pasado siempre parece mejor —contestó Teresa con una sonrisa que delataba su condición de jovencita. De haber sabido que al reír dejaba asomar unos dientes que aún parecían de leche, habría dejado de hacerlo. Pero no lo sabía y la risa se le atropellaba en los labios desde muy temprano, cuando apenas abría los ojos.

—¿Qué bobadas dice mi Teye de días pasados? ¡Si son bien poquitos! Eres una chiquilla. Con 18 no se completan los años que hacen falta para juntar un pasado —respondió Moisés y Teresa frunció los labios.

A nadie más le habría consentido que la llamara con ese ridículo sobrenombre infantil que no hacía más que recordarle el incordio de su corta edad contra los treinta y siete de su hombre. Nada más a él le permitía hablarle en ese tono que sólo se usa a la vista de un bebé en su cuna o un amor en la cama. Únicamente a él. Su Ares, su pájaro carpintero de piel broncínea que a ella se le figuraba la armadura del dios griego de la guerra con el que le gustaba compararlo. Ay, si tan sólo el ejército de los hombres fuera como el de los olímpicos, con sus peinados tipo *anastole*, que daban mucha más personalidad que aquellos horrorosos casquetes cortos. Qué falta de gusto estético había entre las tropas. ¿Cuáles? Las que sean, cualquiera donde Moisés hubiera hecho la guerra.

Sólo a él. Sólo él. El único digno de ella. Qué arrogante era María Teresa, soberbia como sólo saben serlo las jóvenes hermosas de 18 años.

La noche que nos ocupa pertenece al sábado 24 de agosto y los relámpagos anunciaban, como los pasos embotados de las cuadrillas de avanzada, la llegada de una formidable tormenta que arrastraría todo a su paso, incluso los horrendos olores que por el día subían desde la calle de Correo Mayor para dejar unas fragancias que la colmaban a pesar de ser efímeras, casi falsas. Como el olor de las piedras de tezontle que recubren el balcón y que en noches como ésta se arremolinan por ser las primeras en ser tocadas por la lluvia para absorber hasta la última gota que les limpie las pocas culpas que las rocas deben tener. Teresa murió antes de que Gonzalo Celorio describiera al tezontle como "espuma de volcán enardecido", pero seguramente habría estado de acuerdo en tan fiel descripción de las paredes de su casa, de su balcón, de su recámara que, ciertas noches, también derramaba lava.

También adoraba el perfume del galán de noche, la única planta que María Teresa, fugitiva de los quehaceres domésticos, cuidaba con esmero. Las florecitas blancas de cuatro pétalos se le figuraban ella misma: creciendo altiva, arropada por los brazos de Moisés, inundándolo todo con su aroma nocturno. Como esas flores, María

Teresa refulgía de noche. Qué pereza los días y la cotidianeidad y las camisas que se empeñan en seguir arrugándose. Qué tedio las horas de sol cuando todo es prosaico y repleto de monederos que nunca contienen los suficientes centavos para convertirse en pesos. Qué horror las horas de sol en que todo es demasiado visible. Cuánta claridad. Nada hay como la noche, cuando despiertan los mochuelos, aves insignia de Atenea.

Porque si Moisés era Ares, Teresa era Atenea.

Sí, era también arrogancia lo que la llevaba a pensar que a alguien se le ocurriera compararla con la diosa griega de las ciencias y la sabiduría, pero también de la estrategia en combate. ¿Cómo se le ocurría que la gente admiraría su intelecto antes que sus piernas, sobre todo después de haberlas lucido en público?

Venus la llamaron en los periódicos cuando el concurso de Señorita México. Idiotas, sonreía ella con desdén al recordar ese tiempo del reinado que, esa noche, parecía tan lejano. No puedo ser la diosa del amor porque éste lo guardo para un solo hombre, no para repartirlo entre todos los mortales. Eso pensaba, pero procuraba olvidar que incluso su propio padre omitía la valía de su sesera y se conformaba con la de su físico. Ese físico que después de haberla hecho reina de belleza, ay, había ido a malbaratar con un militar. Se le había oído decir a Rafael Padre una mañana tras otra, cuando dejaba su manual de caballero en la casa familiar y se largaba a la lechería que tenía en la colonia Portales, y donde podía dar rienda suelta a la riada de palabras que traía atoradas en el cogote desde que Moisés había llegado a querer usurpar su puesto de hombre de la casa en Correo Mayor.

Pero eso fue en otro tiempo, ahora era sábado, llovía. Teresa no escuchaba nada, ni sus pensamientos ni las quejas de su padre, sólo oía llover.

—Cierra la ventana que otra vuelta se va a mojar todo el suelo —le pidió Moisés.

—No. Sígueme contando —respondió imperativa mientras alcanzaba la cama con un salto que hizo flotar su kimono azul celeste, el cual quedó prodigiosamente colocado sobre el torso de Moisés. Le echó encima un brazo que buscaba abarcarlo por completo.

El general acató la orden y siguió contando.

—Nos había llegado inteligencia de que aquellos pelados nos doblaban en número, pero el triple que hubieran sido, no serían tan bragados como los muchachos de mi tropa. Mi compadre Panuncio me enseñó que ganar o perder dependía más de los hombres que de la munición, por eso armaba sus ejércitos con los que mejor sabíamos arrebatar la victoria.

"Mis soldados y yo nos subimos al tren en el puerto... de Veracruz, ¿pues cuál otro hay? Total, que éramos ocho nomás, no podíamos ser más porque los soplones que siempre rondan las estaciones de tren tienen los ojos más pelones que una lechuza y nuestra comisión era clarita: viajar de incógnito. Las armas las llevábamos en el cinto, dónde más, pero no se echaban de ver por los gabanes. El maquinista estaba avisado de la estrategia y aminoró la velocidad ya cerquita de los potreros de El Carmen, que era donde calculábamos que prepararían la emboscada.

—¿Por qué ahí? ¿Cómo supieron? ¿Les llegó el pitazo?

—Los veracruzanos conocemos la zona, sobre todo los que hemos hecho tantas campañas como yo. Sin necesidad de mapas ni nada, supe que ahí mero iban a poner la bomba porque la vegetación es ideal, en esas fechas el campo está tan llovido que, por más ganado que *haiga*, la yerba crece más aprisa que el hambre de las bestias.

—Bendita lluvia.

—¿Cómo?

—Que le sigas. Se dice *haya*.

—Haya sido como *haiga* sido, yo tenía razón, como se verá. Como te decía, el maquinista estaba conchabado, quedamos en que se iría quedito ya cerca del potrero para que mis hombres y yo pudiéramos saltar sin quebrarnos los huesos; luego tenía que mantener esa marcha al pasito unos kilómetros más y parar la máquina por completo más delante, dizque por revisar unos pistones, tenía que decir, pero era por darnos tiempo de jugárselas a los bandidos usando sus mismas tretas: la yerba estaba tan alta que nos ocultaría mientras les caíamos por donde no nos esperaban. Y ahí nos tienes, caminando *empinados* pero en chinga.

"Funcionó mi plan. Los cabrones no se la esperaban que les cayéramos merito cuando estaban terminando de cablear la dinamita. Sí eran el doble que nosotros, pero con la buena suerte de que los agarramos desprevenidos y alzados, viendo a ver por qué chingados se retrasaba el tren. Nosotros, pecho tierra y a cubierto, empezamos a disparar sin miedo a ser repelidos, a unos no les dio tiempo ni de sacar las pistolas. Caían como granizos. Los pocos que quedaron en pie aventaron las armas y patas pa' qué las querían.

"Cuando el tren pasó frente a nosotros, las señoras nos aventaron besos y flores por las ventanas, en agradecimiento por haberlas salvado de la explosión.

—¡Moisés! —lo reprendió Teresa.

—¿Te encelaste, mi alma? —le preguntó sonriendo de lado, acercándola aún más a su cuerpo—. No te enceles, yo hubiera querido que más bien me aventaran unas picaditas porque andábamos con la panza a *raíz*. Yo nomás te adoro a ti.

—Eso ya lo sé, me enojo por otra cosa. Me cuentas y me cuentas, pero siempre te saltas las mejores partes. ¿De qué tonalidad era el rojo con el que se tiñeron las camisas al contacto con las balas? ¿Es verdad que el olor de la muerte reciente se parece mucho al de un manojo de llaves? ¿Cómo cae un cuerpo que ya no tiene alma? ¿Qué le pasó a la tuya después de matar a un hombre?

—Ay, Teye… por eso no te cuento. La muerte te interesa en demasía.

—El que me interesa eres tú —le susurró al oído y, por no dejar que sus palabras se escaparan, selló con su lengua esa ruta de salida y todas las demás que se le aparecieron en su camino hasta los labios.

Teresa había leído lo suficiente como para saber que aquellas historias no eran más que patrañas y ni siquiera originales. Y qué más le daba. Si no era de patrañas, ¿de cuál materia entonces podría estar hecho el amor ciego?

1

Cuerpo

Da vértigo pensar en los millones de engranes que se ponen en marcha cada vez que se alzan los brazos para, por ejemplo, realizar una acción tan simple como recogerse el pelo detrás de la oreja. Peor si se pretende calcular el número de pruebas y errores biológicos que debieron ocurrir para que unas manos obtuvieran el pulgar oponible que les permitió abrir la ventana por donde entró el aire que liberó el mechón de detrás de la oreja. ¿Cuántos millones de años hicieron falta para que el lente de una cámara pudiera hacer lo mismo que cualquier par de ojos? Clic.

Pasamos un alto porcentaje de nuestra vida pensando en nuestro propio cuerpo. Odiándolo y queriéndolo por igual. Sabiendo que es lo único que poseemos y, sin embargo, lo que más nos estorba. Y además de pensarlo, las mujeres terminamos por perder el sosiego cuando comprobamos que era verdad lo que decían y nuestro cuerpo nunca termina de pertenecernos. Una buena parte de él es propiedad de los ojos que miran, de las manos ajenas que tocan o arrebatan.

Cuando María Teresa Landa tenía 17 años, un grupo de expertos la eligió como la primera Señorita México y, cuando miro las fotografías, me descubro opinando que sí, que era guapa, pero tampoco nada del otro mundo. ¿Y quién soy para juzgar? Soy toda la gente.

La tremenda maldición de ser mujer bella la convirtió en asunto público y, se sabe, de los asuntos públicos todos podemos opinar. Hay quienes incluso se sienten obligados a formarse una opinión, aunque no la tengan. Como yo.

Iba a dejar a un lado ese montón de revistas del concurso cuando apareció la foto que me obsesionó porque su protagonista estaba endiabladamente triste. ¿Cómo más podía haber estado una asesina que había matado al amor de su vida?

Como todas las obsesiones, ésta tampoco tardó en ser nombrada: la mujer pájaro. María Teresa aparece sentada en una silla con respaldo de madera; muy derechita ella, como le enseñaron las monjas del Colegio Francés donde estudió. Trae el mismo corte *bob* que usaba cuando la apresaron, siguiendo el canon de las mujeres modernas de su época que decidieron cortarse la cabellera por dejarle espacio a los pensamientos libertarios. En Estados Unidos las llamaban *flappers*, en la Ciudad de México eran las *pelonas*.

¿Había peluqueras en la Cárcel de Belén o sería otra presa quien le recortó las puntas para el primer día del juicio? ¿Quizá puso su pelona cabeza en las manos de su amiga, la mayora Benavides? La única que podía tener tijeras en prisión, al menos de forma legal.

Lleva sombrero *cloche*, muy de moda en ese entonces, ideal para los peinados a los que tan afectas eran las alebrestadas feministas.

Es un pájaro. ¿Quería volar?

Pongamos que eligió ese sombrero de ala baja para tener que alzar la cabeza y así obligarse a parecer digna en la indignidad de tener que ser juzgada nuevamente, la diferencia es que aquel segundo jurado no la convertiría en Reina de Pulcritud y Belleza, sino que decidiría cuál era el castigo que merecía por haber faltado al quinto mandamiento. Del dictamen de aquellos hombres dependía qué tan larga, qué tan triste sería el resto de la vida de María Teresa; cuánta libertad tendrían sus alas de mujer pájaro. El sombrero le estruja la cabeza hasta las sienes, le impide la vista lateral y qué bueno, porque por el rabillo del ojo no hubiera podido ver más que oscuros presagios. Una gran elección ese accesorio que le oculta el pecaminoso pelo, el cual, según todas las religiones existentes o aún por inventarse, es muy peligroso cuando está plantado en una cabeza de mujer.

Un pájaro, pero con las volátiles ideas bien contenidas.

Un año antes, una vida antes, cuando concursaba por ser Señorita México 1928, un fotógrafo la describiría como "morena de ojos árabes", diría de ella que su piel canela, su belleza enmorenada, contrastaría magníficamente con las rubias contendientes gringas a las que iba a enfrentar en Miss Universo. ¿Qué habría pensado al ver esta foto donde la piel color rama de canela se le había diluido a falta de sol? Llevaba tres meses encerrada en la Cárcel de Belén y a sus 18 años ya era una viuda.

De los ojos árabes y risueños sólo quedaba la tristeza, las ojeras donde, si me fijo bien, alcanzo a ver arenales sin palmeras, desiertos llorados hasta la última gota.

El vestido ya es viejo. Muy usado y fotografiado. Elegante y negro, como corresponde a una viuda, por algo su madre se lo había pedido prestado. No por viuda, sino por ya estar de vuelta de esos oscuros asuntos del amor. El vestido le venía a María Teresa como guante en las primeras fotos de la cárcel, pero tres meses después ya le queda ancho, no le sirve para ocultar el cuerpo porque basta fijarse en la holgura de la tela para notar los 24 kilos que la Cárcel de Belén le quitó de encima.

Las piernas juntas y los zapatitos de tacón.

Alguna vez los habrá usado para bailar, para pasear y ser admirada del brazo de Moisés, el hombre que la hizo primero su mujer y después su autoviuda.

El maquillaje es abundante, párpados sombreados y boquita de coral, como dice aquella canción tan de moda en esos años.

> *A la orilla de un palmar,*
> *yo vide a una joven bella,*
> *su boquita de coral,*
> *sus ojitos, dos estrellas.*

Probablemente quería fijar la mirada del público en sus labios, que se distrajeran en ellos para que nadie notara que ya sus ojos no refulgen ni están del todo en el presente, sino puestos en la lejanía.

Cuerpo adentro.

Sus ojos tristes no le sirven para ver el mundo que la rodea sino otro que no salió en la foto. ¿Pensabas en tu amor asesinado, María Teresa? ¿O en la vida de prisión que te esperaba?

Cuánta tristeza. Cuánta gente afuera y tanta soledad adentro.

Solita paso la vida a la orilla del palmar
y solita me entretengo
como las olas del mar.

Esa fotografía me recuerda a otras mujeres marcadas por la rotundidad de su atractivo. Por su tristeza.

En junio de 2008, Amy Winehouse cantó para una rugiente multitud en el festival de Glastonbury. Su prodigio de voz, su genio musical, se vieron eclipsados durante toda su actuación. De aquella presentación se recuerdan sus despropósitos, sus pasos inseguros montados sobre tacones de cruel altura. Todo el concierto estuvo luchando con la brevedad de ese vestido ridículo con el que querían convertirla en el símbolo sexual que su bulimia jamás le habría permitido ser. Batalla con las lentejuelas y con la peluca, con el vaso y el micrófono y la falta de equilibrio. Hay un momento en el video en el que se queja de lo mucho que tarda en vestirse y el brevísimo instante que toma dejar un cuerpo al desnudo. *Su* cuerpo. Un cuerpo derrotado y sometido al escrutinio público. Querría decir que todo eso se difuminó cuando empezó a cantar, pero no fue así. No en aquel junio de 2008. Ahí no se ve genio sino soledad. Cincuenta y ocho minutos de tristeza.

El 19 de mayo de 1962, Marilyn Monroe dio el espectáculo más triste de su vida. El conductor del evento la presentaba y la volvía a presentar pese a haber dicho que se trataba de alguien que no necesitaba presentación. Finalmente apareció embutida en un vestido que, a todas luces, la hace sentir incómoda, portando una cabellera que bien podría haber sido una peluca comprada en una tienda de disfraces.

¿Quién se habrá encargado de vestir aquella noche a la mujer más sensual del planeta?

En el video, Marilyn extiende la mano hacia atrás, buscando un asidero que no llegó entonces ni llegaría jamás.

Las mujeres acogidas por Venus saben bien lo que se oculta en la otra cara de la moneda y nosotras, mortales sin gloria, las miramos de lejos porque ellas tienden a alargar las distancias, pasan la vida solitas y solitas se entretienen como las olas del mar.

Cuando María Teresa cumplió 16 años terminó de entender que el feliz destino de las niñas lindas corre grave peligro de convertirse en tragedia cuando se transforman en mujeres hermosas.

De pequeña, su belleza era un lujo para aquella familia de alcurnia porfiriana venida a menos, a la que tan poco le había quedado para presumirle a las visitas. María Teresa a veces se sentía un adorno de los que venden en la Lagunilla. Florero recién desembarcado de Murano.

Era un primor con sus vestiditos y sus zapatitos de muñeca, con sus lazos de organza para enmarcar los ojotes y la piel morena salpicada por las ojeras que ya se adivinaban y qué bueno, porque ahora están de moda las mujeres trágicas, decía Débora, su mamá.

—Qué pendejada. Las ojeras no son signo de tragedia sino de falta de hierro. ¿Ya le diste su emulsión de Scott? —respondía Rafael Papá en esas tardes que no había encontrado con quién echar una partidita y regresaba temprano a casa después de haber pasado la jornada en su negocio de lecherías.

—Cháchara de viejas —remataba con amargura.

Pero Débora no se lo tomaba a ofensa porque hacía mucho que su marido todo lo decía con amargura. ¿Qué más querían de él? Suficiente hacía con tratar de mantener la dignidad de los Landa después de haberlo perdido todo por culpa de esos malditos desarrapados. Revolucionarios les decían. Todos son iguales, nomás que unos se bolean los zapatos y otros no.

—Qué esperanzas que volviera mi general Díaz. No, que ni vuelva, que se siga reposando en el cementerio de Montparnasse, lejos de este chiquero.

Al señor lechero Landa la Revolución le cayó como patada en las muelas porque además de convertir su alcurnia, la mayor de sus posesiones, en un vejestorio inutilizable, le llenaron la calle de agujeros de bala y dejaron el alumbrado público hecho una vergüenza. Cuando después de la guerra vino más guerra, Rafael Papá se lo tomó como una ofensa personal.

Nunca había sido hombre de armas y ahora venía a resultar que hasta para ir a comprarse un sombrero a Casa Gas, *los almacenes de la moda*, tenía que cargar pistola si quería regresar a su casa con el dichoso sombrero intacto.

—¡Levantas una piedra y te sale un soldado! Porque ahora todo mundo puede ser del ejército. ¿Peleaste a favor del impresentable de Huerta? No le hace, haces el trámite y te admiten en el ejército con derecho a pensión. ¿Y si dinamitaste el tren a Silao por ver qué le robabas a la pobre gente de bien? Faltaba más, de cabo pasa usted a teniente, señor. Ya todos son señores. Pinches huarachudos que la Revolución engrandeció. ¡No me mientes al ejército que me cago en todos los ejércitos que lo único que dejan son tullidos! —vociferaba el hombre y aunque era un pesado que yo no sé cómo soportaban, algo de razón tenía porque los militares hacían lo que les venía en gana. O al menos eso dice el periódico *Excélsior*, que quería modernizar a sus lectores y de paso, darles una acicalada con sombreros Berg o Borsalino, *¡como los usan en Europa!* Ahora que, si le pido opinión a *El Informador*, diría que del ejército revolucionario salieron los verdaderos héroes que nos dieron patria y, miren qué casualidad, todos estaban afiliados al partido oficial.

Como el caso del tenientito borracho que, por lucir su valerosa hombría, le pegó de balazos a un desconocido que por ahí pasaba.

—¡La Revolución los sacó de madre!

—La culpa la tienes tú por leer periódicos desde que Dios echa su santa luz. ¿Quién te manda? —lo reprendía Débora.

María Teresa no ponía atención porque preparaba sus exámenes para la Escuela de Odontología, o bien estaba pidiendo silencio para que la dejaran oír los conciertos que transmitían por el radio y que la vecina de enfrente tenía a bien compartirles dejando la puerta abierta, para que todo el piso pudiera disfrutarlos. Pero, aunque no pusiera atención, sus orejas algo dejaban pasar y en la cabeza se le entremezclaban los odios de su padre con sus propias querencias y con la "Misa de coronación" que resonaba por el pasillo y que la transportaba a otros universos, igual de violentos, pero con mejor música.

—¿Qué de malo le ves a Ponce? Deberías casarte con un hombre como él, Teresita. Guapo, culto, bien vivido y bien paseado. Podría llevarte a sus conciertos por todo el mundo.

—Mamacita, ese señor es más viejo que ustedes, ¿quieres que me case para pasar de esposa a enfermera dos años después?

—¿Pues no estudias odontología? Viene a ser casi lo mismo que ser enfermera, la vocación ahí la tienes. Pero ultimadamente, cásate con quien quieras. Menos...

—Con un soldado...

—Menos con un soldado. Exactamente.

María Teresa optaba por salirse al pasillo para poder seguir escuchando esa música de iglesia que solamente podía apreciar gracias a la transmisión de El Buen Tono, que antes de ser una estación de radio, fue una de las mayores cigarreras mexicanas. "Fumando se acortan las distancias", se leía en la publicidad del periódico y abajito, un soñador recostado en un sillón de orejas fumando cigarros Buen Tono y acortando la distancia entre la vida real y la felicidad, milagro sólo producido por la dupla perfecta que forman el humo de tabaco y las ondas radiales.

María Teresa quería un aparato transmisor y un sillón de orejas. Quería fumar. Quería viajar. Rafael Papá decía que quería ser varón y Débora no decía nada, pero pensaba que sí, que las mujeres nacidas bajo el signo de Libra son mitad hombre y la culpa de todo la tiene Venus, que no sabe contar historias de vida sin entretejer un poco de muerte.

2

Funeral

A María Teresa siempre le dieron risa los lugares comunes acerca de la amistad femenina. La mitad de sus conocidos aseguraba que las señoritas sólo podían tener amigas mujeres porque los varones no buscaban más que sexo. En tanto que la otra mitad tenía la certeza de que el cariño sincero entre muchachas estaba imposibilitado porque entre ellas siempre rondaba la envidia como un fantasma.

—Si platicamos con la comadre, malo por chismosas; pero si no tenemos amigas, malo por creídas. Nada les parece, pues —dijo su abuela Asunción cuando, en una de las visitas de María Teresa, la buena mujer prefirió sentarla a su lado, allá en la orillita de la mesa, para que le leyera el periódico mientras ella cocinaba, porque su presunta ayuda nomás le dejaba un regadero.

—Tienes la lengua muy afilada, abuela, no te vayan a confundir con una feminista —reía María Teresa.

—Que me confundan con sus narices si quieren, porque a ver, dime, ¿quién escribió eso de las amigas en el periódico? Un señor, por descontado. Habías de hacerte periodista nomás por darle variedad a ese demonial de cosas que lees, mija. ¿No te irás a quedar renga o bizca de tanto estar pegada a las letras? Búscale por ahí en el periódico para que sirva de algo, el otro día vi el anuncio del Ungüento Ojo de Águila para que no se te pongan rojos esos ojazos tuyos.

Tenía razón la abuela Asunción: los artículos de opinión siempre necesitan variedad y María Teresa tenía las habilidades para subsanar

31

la falta. No era la primera que se lo decía, sin tomar en cuenta que era rejega, "mula cerrera" decía su padre, y como tal, estaba firme en su propósito de no dejar que nadie le dirigiera la vida, por lo que bastaba que alguien le señalara el camino de la izquierda para que ella echara a andar hacia el otro lado.

Decidió meterse a estudiar Odontología en vez de algo relacionado con las letras no porque le fascinara el asunto aquel de los dientes, pero era obstinada y si en aquel momento todavía eran escasas las enfermeras sin hábito —la mayoría de los pacientes seguía prefiriendo que las monjas los asistieran con sus fluidos de enfermos—, cuantimás la gente pondría el grito en el cielo al ver a una mujer metiendo la fresa hasta lo más profundo de sus más recónditas caries. O tal vez era que la escuela quedaba a unas cuadras de su casa. O porque los dientes eran su fascinación. A saber. En realidad, en ningún periódico se menciona por qué había elegido estudiar aquello y tampoco creo que a ningún periodista de los muchos que la entrevistaron estuviera interesado en sus motivos.

La que sí habría querido saber era su mejor amiga, pero tampoco es seguro que se lo haya preguntado. Por aquellos días andaba emberrinchada porque aquella dental elección de carrera las separaría.

María Teresa la llamaba Minacha, pero su nombre era Herminia. La conoció en la Nacional Preparatoria y pronto se convirtieron en esas amigas que el imaginario colectivo creía imposibles: fuertes y duraderas.

Por supuesto que entre ellas había envidia y celos y odios y aburrimientos, pero también admiración, amor, deseo. Había todo porque, entre dos personas que pasan mucho tiempo juntas, es natural que su relación recorra toda la gama emocional. Aunque a veces haya confusión al respecto, las mujeres también somos personas.

"Uy, me van a tener por feminista", declaró María Teresa meses después en una entrevista y luego soltó una carcajada que el entrevistador transcribió como "jajaja".

Pero eso fue después.

A los 16, María Teresa se reía sin que nadie pasara a letras de molde sus risas y a pesar de ello, no paraba de hacerlo. Se sabía adorada. Todos terminaban medio enamorados de ella, incluyendo a sus amigas, por supuesto. Y María Teresa jugaba a hacerse querer más. ¿A qué otra cosa podía jugar una muchacha de 16 años que recién acaba de dejar las rondas infantiles pero todavía no se atrevía a deshacerse de sus muñecas?

Cuando la futura Viuda Negra optó por irse a la Escuela de Odontología, se llevó por delante las ilusiones de Minacha de seguir siendo inseparables. Pero el berrinche duró poco porque la amistad ya había sido cimentada y las novedades que ambas tenían para contarse rellenaban los agujeros del tiempo sin verse. Empezaron a escribirse primero por juego y luego, cuando María Teresa, ya casada, se fue a vivir fuera de la ciudad, por necesidad.

Herminia firmó una de sus primeras cartas: "Tu Nacha", por lo que a María Teresa le pareció de lo más natural comenzar su siguiente carta con un Minacha.

Y Minacha fue para siempre el apodo privado y cariñoso; se volvió público y desvergonzado cuando el fiscal Corona lo pronunció ante el jurado, el ministerio público y los asistentes al juicio, ante quienes se leyeron las cartas "poco decorosas" que las amigas se enviaban.

Pero eso también fue después.

De momento estamos en 1928. En el 8 de marzo, para ser exactos, cuando aún faltaban muchos años para que las mujeres se decidieran a ocupar las calles. En esa misma fecha velaron a la abuela Asunción. Un "primoroso funeral", como lo calificaron varios de los muchos asistentes.

La casa estaba a reventar, porque, aunque los Landa ya no eran ni la sombra de lo que habían sido en la época porfiriana, un funeral siempre termina por convertirse en un evento social por más que la tristeza insista en entremezclarse con los invitados. Siempre ha sido así, pero más en aquellos días en los que no se permitía la entrada a las mujeres en muchos establecimientos y hasta en los anuncios clasificados se solicitaban, exclusivamente, "caballeros maduros, responsables y de buen ver". De tal suerte que los velorios eran tan buena opción como cualquier otra para conocer gente, más si se piensa en la cantidad de heridos y caídos que la Revolución dejó a su paso. Las muchachas se las habrán visto negras para conseguir novio.

México se vació de hombres en edad casadera. Se los llevó la guerra hasta dejarlos convertidos en una cifra: según el censo de 1921, sólo el 9% de la población total eran varones de entre 20 y 29 años. Jóvenes que un día salieron de su casa para cambiar el mundo o para hacer fortuna, pero que ya no regresaron o volvieron con el horror en los ojos, en los brazos o piernas perdidos. Fantasmas de los sueños que un día soñaron.

Puesto que desde la Ley Calles los oficios religiosos estaban prohibidos, las Grandes Ceremonias se celebraban en la intimidad del hogar, a donde iban los curas a oficiar ceremonias secretas de las que todo mundo hablaba y formaba parte, incluso la oficialidad. Como aquel grupito de soldados que nadie supo quién llevó, pero que animaron la reunión desde su llegada. Aparte, pero con todas las trazas de la soldadesca, llegó también un extraño forastero de tez morena que no era alto, tampoco muy guapo, pero hasta parecía que sí.

María Teresa, cuya tristeza era de las pocas verdaderas que se divisaban por ahí, alzó la mirada por la costumbre de hacerlo cuando Minacha la instaba con un codazo. Tiempo después no supo si agradecerle por haberle señalado al amor de su vida, o maldecirla por haberla empujado al camino que la convertiría en asesina.

Pero aún lejos de esos pensamientos, en aquel 8 de marzo, María Teresa alzó la barbilla para que el sombrerito cloche, calado hasta las cejas, le permitiera contemplar a un hombre mayor vestido de civil, pero con los modales toscos del ejército. No le pareció nada del otro mundo. Guapo estaba, sí, pero ya se veía muy mayor para pensar en posibles amores. ¿Cuántos años tendría? ¿Los mismos que su madre? Nunca se sabe con los hombres de labios bien dibujaditos, hay que tener mucho cuidado con ellos porque fueron hechos para el beso, para atraer la mirada y encubrir engaños. Las bocas de corazón no envejecen jamás. María Teresa sabía que los hombres más atractivos son los peores maridos, por lo que prefirió desviar la atención.

A Moisés, en cambio, se le cortó temporalmente la respiración.

—General Moisés Vidal y Corro, a su servicio desde hoy y hasta el fin de los tiempos. ¿Puedo saber el nombre de la mujer que me ha robado el alma? —le dijo él.

—Eso lo sabrá ella. Yo soy Teresa. María Teresa Landa —le contestó.

"Otra Teresa", habrá pensado Moisés. "Una mejor. La verdadera".

Al verla lo supo, pero al conocer su nombre, un pensamiento se le enraizó como la muerte cuando nos llega: esta Otra Teresa también había de ser su esposa.

Pero de todo eso que pensó nadie se dio cuenta, la gente sólo vio su cara convertida en la cara del hombre más enamorado del mundo. Si algún periodista hubiera tenido la visión de escribir la nota que nunca se escribió, seguramente habría sido un éxito entre sus lectores.

El amor en una tarde de crisantemos

La penumbra del ocaso se ajustaba a la melancolía que reinaba en aquella casita de plato y taza, donde la familia y algunos selectos allegados daban su último adiós a la matrona De Landa, la señora doña Asunción, QEPD (esquela en p. 8).

Moisés Vidal y Corro giró la cabeza para toparse de frente con la visión que, desde ese instante y para siempre, atesoraría como el más preciado de sus recuerdos. Porque no fue a una mujer lo que vio, no, señores, ¡él contempló el bellísimo cuadro de una doliente *pietà*! Una musa de ojos tristes y profundos, enmarcados por unas ojeras que lejos de enturbiar su límpida belleza resaltaban la tez acanelada de su poseedora.

Moisés supo entonces que insuficientes serían cumbres, valles y océanos para contener la pasión febril con la que había sido envenenado por la letal flecha de Cupido. Esa mujer había de ser su esposa. Así se inscribió en el libro del Destino en cuanto la miró.

Al regresar a las crónicas, a los artículos, a los ensayos, me sigue sorprendiendo el trozo de mundo tan pequeño en el que se movían las muchachas de principio del siglo pasado, quizás ahora no sea mucho mayor geográficamente, pero se han ensanchado un poco los túneles paralelos de los que nos habló Ernesto Sabato, esos caminos por los que transita cada porción de la sociedad y que corren uno al lado del otro sin cruzarse jamás. Cierto que en el XXI seguimos cargando prejuicios sociales que se encargan de apuntalar las paredes de los túneles, pero el de María Teresa era aún más estrecho y estaba resguardado por los pistolones que después de haber tronado en la Revolución se habían regado por todo el país en espera de nuevos alzamientos.

La prisión de María Teresa ya existía mucho antes de haber pisado la Cárcel de Belén. Se encontraba en Correo Mayor 119. Atrapada en unas paredes de piedra volcánica que, de tan porosas, absorbieron los nuevos vientos de modernidad que la sociedad citadina de 1929 quería soplar. Puertas adentro, los Landa seguían viviendo como si don Porfirio continuara asistiendo a los conciertos de cámara que se daban en el precioso kiosco *art déco* del Tívoli del Eliseo, el extinto parque con el que el porfiriato pretendía europeizar a esos huarachudos mexicanos que no habían podido ser europeizados ni a punta de latigazos.

Hay quien dice que Rafa Chico, el hermano mayor, desde la facultad de Leyes donde estudiaba, había empezado a conseguir adeptos para la asociación de hombres cultos que querían traer de regreso el porfiriato. Pura gente seria y civilizada que usaba a las letras y a los letrados para sus altos fines. Nada de violencias innecesarias a las que tan habituados estaban los desarrapados de la leva, aunque bueno, si algunos grupos antirrevolucionarios (y tantito menos zarrapastrosos) habían abierto los ojos y querían ayudar a devolverle su esplendor a México, tampoco podrían rechazarlos. Porfirismo había para todos.

Se dijo en los periódicos que Rafael Papá fue de los primeros que conspiraron contra el nuevo gobierno progresista y revolucionario, y que educó a Rafa con el único propósito de que le siguiera los pasos. Se dijo también que Moisés vio una doble ganancia al haber encontrado a su amada metida en un nido de traidores a la patria. Ganaría mujer y ascenso si lograba desarmar la conspiración o, cuando menos, acusar a un par de tinterillos con muchas ínfulas y pocas balas. Se dijo y se dijo. Pero nadie supo nada porque los amores más arrebatados carecen de testigos y el único que podría hablarnos de intenciones verdaderas se murió una mañana de domingo igual de lánguida que cualquier otra mañana de domingo.

También había amanecido soleado.

3

República de Chile no. 4

Pongamos que Moisés tenía un amigo. Digamos que años después de haberse conocido en una cantina, el amigo se convertiría en compadre y todavía más después, en el general Panuncio Martínez. Un hombre que destacaba por su fina puntería, su capacidad para hacer amigos entre la crema y nata de los malhechores de la comarca, y por haber intuido los cambios de fortuna de todos los caudillos a los que les juró lealtad eterna mientras aquélla durara.

México es tan grande, tan variado, que sólo a un loco se le podría ocurrir meter a todos los ejércitos en el mismo costal. Muchos revolucionarios hicieron la guerra para mejorar el mundo que les tocó; mientras que otros peleaban por el caudillo en turno por la simple y legítima razón de que en algo había que trabajar y la guerra era el único medio visible para hacer fortuna en aquellos años. Algunos más querían tierras para labrarlas en paz; habría quienes fueron atraídos por el nombre de cierto movimiento, los felicistas, por ejemplo, que se dejaron apantallar por ese apelativo de buen augurio, pero mal destino.

Sin embargo, y como en cualquier guerra, varios miembros del ejército regular peleaban nada más por mantenerse vivos después de que les hubiera tocado la mala fortuna de ir pasando por ahí cuando llegaron los de la leva. Las afinidades revolucionarias cambiaban con la marea y muchos se hacían zapatistas de un solo día para luego amanecer convertidos en leales a Carranza porque así se les había mandado.

Un tremendo desmadre.

Panuncio desde el principio se alineó del lado de aquellos que concluyeron que, dado que la guerra no podía evitarse, lo mejor sería sacarle provecho.

Aunque empezó su carrera siendo federal y, por lo tanto, leal al régimen porfirista, al poco tiempo agarró camino por la libre y formó sus propias tropas que, lo mismo se empleaban como guardias blancas de caciques veracruzanos, que recibían instrucción federal de irse a tomar alguna iglesia oaxaqueña sabe Dios por qué motivo si ahí no había más que piedras y alcancías agujeradas, pero que daban mucho realce en los partes oficiales. Sin embargo, algo le faltaba a su lucha personal. Como cualquier bandido con poder, Panuncio se sentía solo.

Entonces conoció al único hombre que podía completar su bravura desordenada con una buena estrategia: Moisés Vidal y Corro. En cuanto lo vio, reconoció en el joven la mitad que le faltaba.

Panuncio también causó impresión en Moisés, que por entonces era apenas un chamaquito en busca de un destino glorioso, o por lo menos más ancho que el que los surcos de la milpa le deparaban. Panuncio fue un faro para el joven Vidal por ser mayor en edad y en experiencia y, para colmo, venido de tierras lejanas con nombre exótico: Uriangato.

La noche que se conocieron, pasadas las tres primeras rondas, los ojos de Panuncio se ahondaron en la melancolía de su tierra, en sus lomeríos y cerros, en sus lagos, en sus nubes altas. Moisés poco había salido de Cosamaloapan, donde los aires del sotavento deshacen a soplidos los borregos en el cielo antes de que los niños puedan encontrarles forma cuando ya están derramándose sobre ellos, por lo que no podía ni imaginarse aquellas nubes enormes y blanquísimas de las que hablaba Panuncio.

—¿Usted sabía, Vidalito, que los tarascos nunca se rindieron en el reborujo de la Independencia? Hombres bragados los de mi tierra, sí, señor. Más los de mi pueblo. Uriangato. El puro nombre lo dice: gato montés que orina. Se cuenta que no había bestia, ni animal ni humana, que se acercara a mi pueblo porque nuestros animalitos, enanos y correosos, cada noche salían a mear un círculo perfecto alrededor de Uriangato. Ni los lobos se arrimaban —contó Panuncio y el quinceañero Vidal abría los ojotes de pura admiración.

Quién sabe si Moisés llegaría a saber que Uriangato en realidad significa "donde el sol se levanta", pero de haberlo sabido, no lo habría creído. Lo que Panuncio decía, para Moisés era ley de vida.

Se enroló en la tropa de Panuncio esa misma noche, después de que su futuro compadre le hiciera la formal invitación a unirse a sus filas, y si lo invitó, no fue por las demostraciones de hombría que Moisés se afanaba en exagerar, sino gracias a un momento de debilidad. Moisés confesó su pobreza. Ya muy borracho, le contó cómo organizaba a hermanos y amigos para crear distracciones y poder robar huevos, o incluso gallinas en las noches de suerte.

—Yo he pasado mucha hambre, mi capitán —confesó Moisés y de inmediato se arrepintió, sin saber que el capitán Martínez acababa de hacerlo de los suyos. "Si ha tenido hambre, no pondrá reparos en los modos que se usen para quitársela", pensó Martínez.

Desde entonces fueron inseparables.

Si bien Panuncio llegó a Veracruz como parte de la milicia porfirista, en cuanto el dictador salió del país, él y su tropa se hicieron zapatistas alegando que nomás eran federales porque los habían obligado. Luego serían felicistas, delahuertistas, aguaprietistas… serían de todo lo que se fuera necesitando mientras Dios les conservara la bendita guerra.

Y mientras más peleaban, más amigos se hacían, nada hay más propicio para la amistad masculina que una guerra, porque en ésta no se precisan las explicaciones para los arranques de emotividad que tan mal vistos son entre civiles. Panuncio y Moisés salían cada mañana dispuestos a esquivar la bala que el destino les aguardaba y en esas condiciones, entre broma y broma, en medio de montones de promesas que sólo habrían de cumplirse tras la muerte del otro, ambos comprendieron que su amistad no conocería la tregua. Que sus vidas estaban entrelazadas. Que sus caminos irían pegaditos.

Como si hubieran adivinado que unidos estarían hasta la muerte de Moisés, cuando su cadáver yaciera en la mesa de la morgue y fuera el general Panuncio Martínez quien diera fe de que sí, que ese cadáver había sido Moisés Vidal, ¿cómo no iba a reconocerlo pese a los disparos?, ¿cómo no saber que esos despojos deshilachados habían sido su compadre si lo conocía mejor que nadie? ¿Cómo no encontrar los labios delineados y las sienes ya clareando entre los cuajos de sangre que le enmarañaban las facciones, si lo había visto mil y una veces, en mil y una batallas que no siempre ganaron, pero de las que siempre salieron victoriosos a la hora de esquivar la chingada bala? ¿Cómo no voy a llorar, licenciado, si esa vieja malnacida logró lo que todos los ejércitos no habían logrado? Le mataron a Vidalito. Hasta más ver, compadre.

Pero antes de llegar a esa despedida, Panuncio y Moisés recorrieron un camino de honores, bautizos, muchos amores pasajeros y alguna que otra boda, quejas, denigración de cargos, fugas a toda prisa y asaltos en despoblado.

Tanto recorrieron que a los 37 años que conoció a María Teresa, Moisés ya estaba cansado. Ya no quería más que ser un general en retiro y no tanto por los galones, sino por la pensión que el Plan de Agua Prieta había prometido a todos los militares de cualquier filiación, a cambio de que se quedaran en pinche paz y dejaran de andar peleando contra quien no debían… A menos que así lo ordenara su comandante en jefe, el presidente de la nación.

Con la ayuda del compadre, Moisés había pedido una y otra vez su admisión formal en el ejército con reconocimiento a sus muy leales y bravas campañas, ahora que tampoco se explayaba en aquello de las lealtades, pero no hay hombre que sea un santo, para qué es más que la verdad. En una de sus intentonas le reconocieron la antigüedad y le prometieron la pensión a cambio de quedarse unos añitos como primera reserva, lo que es decir que cuando volvieran a soltarse los balazos, él tendría que estar en la línea de fuego para recibirlos.

Moisés se envaselinó el pelo y fue a jurar por la Virgen de Cosamaloapan que así sería, que antes se dejaba matar que abandonar su guardia. Acto seguido, desde luego, desapareció. "Baja por paradero desconocido", se alcanza a leer debajo de los sellos y firmas del oficio de la Secretaría de Guerra. A saber si en realidad la Comisión desconocía su paradero o nomás se hacían de la vista gorda, porque en todo Cosamaloapan se sabía que su hijo predilecto, Moisés, ahora andaba muy uña y mugre de Higinio Aguilar, otro contrarrevolucionario de dudosa filiación, que por esas mismas fechas se había unido a la causa delahuertista. Pero ni modo de decirle que no, si me acaba de hacer compadre, mujer, le habrá dicho Moisés a su esposa, o pensó decirle, o ni siquiera le pasó por la cabeza. No me da la impresión de que Moisés hubiera sido muy comunicativo en cuestiones laborales con sus esposas, ni con la legal ni con la falsa.

Un año después de la ignominiosa baja, a principios de 1928 y por consejo de Panuncio (o de Higinio o de ambos), volvió a meter su solicitud a la secretaría bajo juramento de que ahora sí se quedaría quietecito donde le mandaran. Para que esos malpensados de la Comisión no tuvieran ni media queja de su ético proceder, se vino a la Ciudad de México, tampoco era cosa de andar gastando en pasajes cada dos por tres. Moisés tenía claro que santo que no se ve, no es adorado, así que lo conveniente era plantarse día sí día no ante la Comisión para enchincharlos. O para darles el discreto soborno siempre tan necesario. En todo caso, había que estar ahí plantadote, haciendo hilos de saliva y gastando los pocos centavos que le dieron por la venta del terreno, ¿tú crees que me hace gracia dejarlas solas, mujer? Eso, o algo parecido, le habrá dicho a su esposa, a la Otra Teresa, la Herrejón, la esposa legal que a saber si seguía enamorada de su marido o si siempre tuvo claro que los hombres como Moisés no soportan por demasiado tiempo las tardes de calma chicha en el hogar.

Se presentó muy contrito ante los comisionados y juró por los siete cauces del Papaloapan que nomás había ido a ver unas amistades ahí en San Luis, unos pocos días, con la mala suerte de que el telegrama llegó cuando no estaba. Quién sabe por qué, pero le creyeron y aceptaron su solicitud. Nadie sabe, pero un caballero de apellido

Malpica aseguraría tiempo después que aquello no ocurrió por sus dotes de convencimiento, sino por los pesos que Moisés desembolsó después de vender el mentado terrenito con sus correspondientes vacas.

En espera de, ahora sí, convertirse en general, o a lo mejor sólo porque ya se había aburrido de tantísima agua veracruzana, Moisés llegó a un edificio no tan feo, no tan derruido, no tan dejado de la mano de Dios. Estaba en el número 4 de la calle República de Chile y, además de aprobar con notable las pruebas de confort y limpieza, era un nido de bataclanas y uno que otro militar en espera de que la Revolución les hiciera justicia.

Moisés sintió que por fin llegaba a casa.

Ahí conoció *vedettes* venidas a menos, tiples con futuro promisorio, sastres de mala entraña y un niño que vendía periódicos por la mañana y chismes del vecindario por las tardes: un verdadero reportero. La madre del comunicador en ciernes se encargaba de las comidas multitudinarias de la pensión, en las que, además de las artistas, no faltaban generales retirados que ya se veían muy envejecidos no por obra del tiempo, sino por los estragos de la espera, se les podía reconocer porque su frase de apertura a cualquier conversación era "yo creo que esta semana sí me resuelven en la Secretaría de Guerra".

Moisés, que siempre fue encantador, brillaba con más fuerza entre tan menguada competencia masculina. Pasaba las tardes en la cama, regodeándose en cuerpos ajenos hasta el ocaso, cuando el sol se despedía para dejar que Moisés y su acompañante en turno deshicieran el enredo de brazos y piernas que no se sabía dónde empezaba el uno y terminaba la otra.

Así el tiempo de la espera pasaba más rápido y no porque fuera a ser mucho, a él no le ocurriría como a esos vejetes que se alimentan de recuerdos de glorias pasadas y decepciones presentes. No. Él no. Él era Moisés Vidal y Corro. Había nacido para las gestas gloriosas.

Había tardes en las que los ensayos le arrebataban temprano a las bataclanas. O aquéllas en las que hasta al sastre Ramírez le daba por trabajar en vez de echarse una partidita de damas chinas. Esas tardes, Moisés creía volverse loco con el peso de los remordimientos. No sólo los que le provocaba el recuerdo de la familia que había dejado en Cosamaloapan, lo que más le ardía era la muerte del cadetito. El principal de entre todos sus muertos.

Procuraba no recordar a los hombres que habían caído a causa de su Smith &Wesson, lo cual no le costaba demasiado trabajo porque su memoria siempre había tenido la gentileza de olvidarlos, pero había uno... aquél... el único en cuyo rostro no vio el miedo a morir, sino la sorpresa de la inminente llegada del final del camino.

Ocurrió en Oaxaca, en la toma de un convento. Moisés, de notable puntería, se había pertrechado detrás del muro de piedras que rodeaba la capilla, donde su mirada careciera de obstáculos para disparar a los cadetitos que iban saliendo en desbandada y, en su estupidez, cruzaban por mitad del patio en vez de escapar por detrás. Uno, dos, tres, se me fue el cabrón, cinco, déjate venir.

El cadetito no tendría ni veinte años, a lo mejor estaba pensando en dónde carajos había dejado el escapulario que le dio su madre. ¿Se me habrá caído en la pileta cuando me estaba lavando? No, creo que... alzó la mirada y vio a Moisés sin verlo, como suele ocurrir cuando el pensamiento está ocupado en otras cosas de mayor importancia. Chingada madre, me lo metí en la bolsa del otro pantalón para que no se me cayera en la pileta.

Moisés calculó que le daría tiempo de matarlo antes de que el muchachito volteara en su dirección. No fue así. Sus miradas se encontraron y Moisés, más bien por cumplir el trámite, de todos modos, apretó el gatillo. Acertó.

¡Pero si me vio, me vio de frente! ¿Por qué no se agachó el pendejo?

Era el único que recordaba. A lo mejor sus novelitas de muertos y destinos previamente escritos algo de razón llevaban y, sin saberlo, Vidal presentía que también a él le llegaría la muerte de frente, tan de sorpresa que ni se le ocurriría agacharse.

Una de esas tardes desasosegadas, Moisés abrió la puerta a ver a quién veía pasar por el pasillo. Era un 8 de marzo.

—Oiga, amigo, ¿a dónde va tan repeinado? —Moisés le preguntó a Jaime, un muchachito que estudiaba para abogado y que, por su eterna falta de dinero para pagar la pensión, se había acostumbrado a entrar y salir en el más absoluto sigilo para evitar a la patrona. Se conocían porque muchas veces Moisés le había creado estrategias de distracción porque le caía en gracia.

—A un compromiso, caray. El velorio de una parienta lejana. Ni la conocí, pero mi papá me mandó y como con él no puedo quedar mal o me corta la paga, pues allá voy —respondió Jaime con hartazgo.

—Espéreme cinco minutos que me pongo el traje y lo acompaño —cualquier otro muerto era mejor que el muchachito pendejo que no se agachó cuando debió haberlo hecho, pensó Moisés, pero por suerte no lo dijo, así que Jaime asintió con naturalidad fingida, porque lo que en realidad pensó es que con ese calorón, ¿a quién se le iba a ocurrir vestirse de luto sin necesidad? Pero cosas más raras había visto en ese edificio lleno de locos.

Jaime fue el mensajero que el destino eligió para juntar a los trágicos amantes.

Cuando salieron del funeral, Moisés lo invitó a una cenaduría de la calle de Hamburgo, le regaló un paquete recién abierto de cigarros Monarcas y se la soltó.

—Oiga, amigo, ¿y dónde dice que vive el hijo de la finada?

—¿Quiere hacerle la visita a él o a su hija? —preguntó Jaime con una sonrisita.

—Palabra de veracruzano que yo no me había hundido en unos ojos más negros y más profundos que los de Teresita —por supuesto, Moisés suspiró.

4

Novios

Teresa no supo cómo ni a qué hora Moisés consiguió su dirección y él sólo sonreía de lado cuando ella se lo preguntaba. En 1928 funcionaban igual de bien que hoy las redes que construye la sociedad para propiciar el contacto entre personas, aunque distaban mucho de ser electrónicas. Pero entonces, como ahora, servían para lo mismo: hacer comunidad, inventar infundios, acosar al prójimo, encontrar pareja.

El amor entre Teresa y Moisés comenzó despacito, como era menester que comenzaran los amores de las señoritas de bien.

—A ver, dígame usted si no tengo razones para asustarme si un señor desconocido se me aparece todas las mañanas, más puntual que el sereno, ¡ya quisiera mi papá que sus repartidores de leche fueran tan madrugadores como usted! ¿Cómo le hago para que me deje en paz, si las razones que le doy le entran por una de esas orejas tan grandotas que tiene y le salen por la otra? —Teresa le recriminaba y Moisés soltaba la carcajada.

—Estas orejotas no son para oírla mejor porque los tronidos de los balazos ya me dejaron medio sordo. No sabía para qué me servían, hasta ahora que usted se fijó en ellas, Tere —contestaba el general que tantas victorias había conquistado en el campo minado del amor.

—No me haga reír, que yo no me río con desconocidos.

—¿Cuándo va a entender que no soy un desconocido sino Moisés Vidal, el hombre que le presentaron en el velorio de su señora abuela, que en paz descanse?

—¿Ahora por fuerza tengo que acordarme de lo que no me acuerdo?

—Faltaba más. Usted por fuerza no tiene que hacer nada.

—Casi nada, más que tener que aguantarlo como monigote, todos los días a las 7:36, que doy la vuelta en la calle de Moneda para ir a la escuela.

—Es que ya me informé y en su casa de usted nos tienen en muy mal concepto a los militares, así que de momento por allá no me paro, prefiero esperarla aquí en la esquina, no vaya a ser que mi futuro suegro me quiera escopetear antes de la boda. Además, ¿qué tanta queja para unas míseras cuadras que puedo acompañarla?

—Largas se me hacen, oiga —fingía enfadarse María Teresa, cuando en realidad tenía claro que los pocos minutos que solía hacer hasta la Escuela de Odontología se habían convertido en media hora desde la primera vez que Moisés se apersonó en la esquina de Correo Mayor y Moneda con su olor a loción y tabaco y cama recién abandonada.

—Se hubiera buscado una escuela más lejecitos, para que nos diera tiempo de conocernos mejor —contestaba Moisés con la certeza de haber entrevisto por el rabillo del ojo la sonrisa inoportuna, prueba irrefutable de que el enfado de Teresa obedecía más bien a las reglas de urbanidad que las señoritas educadas debían observar—. Pero está bueno, en cosas del amor, siete cuadras pueden durar hasta dos meses.

—¿Y quién habló de amor aquí?

—Yo mero. Desde el día que la vi. ¿No le gusto a usted ni poquito?

—¿No le parece que esos no son modos de dirigirse a una señorita?

—Al contrario, mejor ir de frente, el que avisa no es traidor. Además, ¿qué adelanto echándole mentiras?

—Reglas de urbanidad, les llaman. ¿No se las enseñan en el ejército?

—No fui ese día a clase. Pero está bueno, que sea a su modo. ¿Le cuadra más que me invente una historia? Pues haga de cuenta que me acaban de comisionar al recientemente creado cuerpo militar que cuida a las muchachas más bonitas de la ciudad. Pero no a todas, sólo a aquellas que son más hermosas que los cielos veracruzanos a las siete de la tarde, cuando el sol le besa las manos a la orillita del mar. Y como usted es la única que reúne esas características, me toca venir todos los días a acompañarla en su camino. No es por gusto sino por obligación, para protegerla. Estas calles del señor están llenas de malvivientes, no vaya a ser que alguno quiera robarle la bolsa o la honra.

—Dirá usted soldados, porque basta leer los periódicos para saber que casi todos esos malvivientes que mienta son sus colegas del ejército.

—Quítese esa mala costumbre de leer periódicos que no deja nada bueno. Todos levantan falsos o dan malas noticias, ¿qué necesidad tiene usted de amargarse la sonrisa con tanta sangre y matazón? Ya ve, los *juntaletras* no saben otra que hacernos mala fama a los militares. ¡Claro que muchos raterillos son o fueron soldados! ¿Pos a qué otra cosa podíamos dedicarnos en tiempos de guerra como no fuera a tratar de no morirnos?

—Ahí le doy la razón. Pero ya quíteseme de en medio que hace diez minutos que estamos aquí parados y mi clase empieza a las ocho.

—Como si no supiera yo que aquí nomás, pasando el arbolito rabón, cuando empieza a divisarse la cúpula, termina la mejor parte de mi día —suspiraba Moisés antes de tomarle la mano para despedirse y claro, para quedarse con ella hasta que las palmas de una y de otro empezaran a sudar—. Hasta mañana, mi alma.

—Su abuela será "su alma". La de usted porque la mía ya se murió. ¿No dice que nos conocimos en su velorio? ¿O no es cierto? ¿No que usted no echa mentiras?

—A usted, nunca, Tere —respondía Moisés con una certeza, con un gesto tan certero que, desde entonces y para siempre, María Teresa no tuvo más remedio que creerle. Siempre. Una y otra vez. Aunque los periódicos y los jueces desmontaran las mil y una mentiras con las que Moisés construyó la falsa vida que le contó a María Teresa en sendas noches. Y eso también es mentira, porque su amor sólo alcanzó a durar un año, cinco meses y dieciocho días. Quizá fue esa corta medida lo que hizo que Teresa jamás dejara de creerle: no le dio tiempo de desconfiar.

Mil y una noches debe ser la medida exacta para el amor eterno. A menos que éste sea asesinado por seis balazos metidos entre espalda y pecho.

Sin embargo, de eso tendría conciencia meses más tarde.

En marzo de 1928, cuando aquel amor comenzaba, antes de entrar a sus clases en la Escuela de Odontología, María Teresa volteaba una última vez para poder guardar el resto del día la imagen de Moisés despidiéndose con un toque al ala del sombrero.

Ella se perdía detrás de los muros barrocos y Moisés se regresaba a pie, probablemente silbando la canción que llevaba pegada desde que la vio y que, quizá, ya había cantado al oído de otra mujer, de Otra Teresa.

Estrellita del lejano cielo,
que miras mi dolor
que sabes mi sufrir,
baja y dime si me quiere un poco
porque yo no puedo sin su amor vivir.

Silbar y acompasar los pasos a la tonada debe ser una de las primeras actividades inútiles y placenteras que al ser humano le dio por inventar.

El (casi) general decía siempre que le gustaba caminar. Tal vez no fuera verdad, pero fueron tantos los kilómetros que sus pasos anduvieron que repetía la frase como si en verdad fuera cierta, aunque no creo que en realidad le haya dedicado ni media hora de reflexión al asunto de vagabundear. Que le gustara o no era irrelevante porque cualquiera que fuera su conclusión, tendría que seguir haciéndolo: de la casa a las milpas, cuando vivía como agricultor en Cosamaloapan; del campamento base al siguiente campamento base, cuando era soldado raso; del sitio de la fechoría en turno, al otro que le procurara resguardo; del camino donde hubiera reventado su caballo hasta la comandancia a la que tuviera que llegar cuando fue escalando posiciones de mando. Vidal nunca reflexionó sobre el acto de andar porque los hombres de acción como él sólo destinan sus pensamientos a la gloria y caminar no tiene nada de glorioso, sólo es útil. Sobre todo cuando no se tiene dinero para gastar en tranvías, pero qué chingados, con gusto habría gastado los 31 centavos que costaba el tramo más largo con tal de poder oler de cerca el perfume de Teresa con cada zangoloteo de los fierros y él, solícito, le ofreciera los brazos para sujetarla de la probable caída que quizás algún día él mismo se animara a provocar sólo para poder abrazarla.

En las primeras horas del día, Moisés se olvidaba de esposa legal, hijas y galones militares, su principal preocupación era cómo convencer a Teresa de salir con él de paseo y tomar la ruta de Las Ventas para llegar hasta el Desierto de los Leones. Lo feliz que iba a ser cuando pudiera viajar en tranvía con ella, la segunda Teresa, la verdadera.

Las primeras horas del día Moisés era un hombre libre y enamorado como nadie lo había estado. Quería serlo con tanta vehemencia, que en algún punto debió de confundírsele la realidad con la ilusión. ¿Hasta qué punto mienten los mentirosos si se creen entera la mentira?

Caminando, soñando, muchas veces pasaba de largo la calle de República de Chile y se llegaba hasta la Guerrero, una colonia vibrante y colorida ya desde entonces, y a la que le tomó cariño desde que vivió ahí unos años antes, cuando había tenido que instalarse unos meses en la capital en otras de las maldecidas esperas. ¿Esos de la Secretaría de Guerra qué se creen? Ni aflojan la marmaja ni lo dejan a uno ganársela como bien se vaya pudiendo.

Quiso a la Guerrero como se quiere al (otro) hogar, en sus calles nadaba con la confianza con la que camina alguien acostumbrado a los paisajes agrestes, a la conquista de territorios que parecen imposibles de domar.

Cada vez que regresaba a la capital solía acercarse por la iglesia de San Hipólito y no por fervor al santo, sino porque cerca de ahí se apelotonaban las cantinas, pulquerías y salones de baile de su preferencia, pero probablemente en ese año, previo a su muerte, espació sus visitas al barrio de sus anhelos. Un poco porque su próximo nuevo estatus de general brigadier del Glorioso Ejército Mexicano le exigiría costumbres menos indecorosas que las que hasta entonces había ejercido con gran alegría, y otro tanto porque estos hábitos salían muy caros y él ya estaba arañando los últimos ahorros de las tierras que vendió para poder mantenerse mientras esperaba que saliera su boleto triunfador: el reconocimiento de la Secretaría de Guerra.

María Teresa, en cambio, sí había reflexionado largo y tendido sobre el acto de caminar y sí, al final había resultado que era verdad lo que sus pies habían sabido desde antes: le fascinaba hacerlo. Aquello que tan pocas veces podía ejecutar a solas le daba alas, le proporcionaba una libertad que no por ilusoria era menos real.

Sólo muy de vez en cuando abandonaba las calles del centro. Sus paseos se circunscribían a la Alameda, a los patios de las muchas escuelas por las que había pasado, las calles comerciales cuando le tocaba acompañar a Débora a la compra semanal en la Merced y poco más allá. Su mundo entero llegaba hasta Pino Suárez o —y sólo de vez en cuando— a la Portales, donde estaba la lechería de la familia, pero ay, por allá hay mucho llano y apesta a bosta, ¿para qué vas a llevar a la niña, Rafael?

—Caminar siempre ha sido un privilegio de los varones —María Teresa le dijo a Minacha en la única ocasión que se vieron obligadas a aceptar el aventón de unos desconocidos, porque no traían dinero y la noche ya les caía encima andando lejos, por el rumbo de Peralvillo.

—¿Y estos que vienen ahí serán marmotas o qué? —preguntó Herminia.

—Son estudiantes y desde acá se les ve que están cortados por la misma tijera con la que cortaron a mi hermano: también ellos están bien brutos.

—Está guapote tu hermano el Rafa, ¿eh?

—Tú sí le convendrías a él, pero al revés, no te sé decir. No tiene los pies en la tierra ese muchacho, sigue siendo el niñito de mi papá.

—¿De cuándo acá te sientes tan mujer de mundo, tú?

—Fíjate que no sé, Minacha, pero como que a los estudiantitos los veo de muy lejos, como chamaquitos que todavía están celebrando el haberse librado de los balazos. Mientras que yo soy toda una pelona liberada, mírame nomás —se carcajeó Teresa mientras agitaba la corta cabellera—. Quién nos iba a decir que era cosa de cortarse las trenzas para sentir cómo la liberación, el divorcio y el sufragio nos empezaran a burbujear en la cabeza. A lo mejor lo único que pasa con algunas mujeres es que son tan anticuadas sólo por lo estorboso de sus peinados, tan abultados que no dejan lugar para que las ideas les retocen en la cabeza —volvió a reír—. Eso, la culpa del feminismo la tienen las peluqueras.

—Más bien la escuela. En mi casa siempre me repiten que mujer que sabe latín no tiene buen fin.

—Por suerte a ti y a mí no se nos dan las declinaciones —y otra risa—. Que se quiten los latinajos allá donde haya un buen griego que te haga crujir la lengua a cada pronunciación. *Akro, grafo, dodeka, hepto...* —se relamía con las palabras que hacía dilatar en su boca.

—Ajá.

—¿Qué?

—Que por más que inventes cuentos chinos, digo, griegos, lo que pasa es que el viejito soldado ya te empieza a hacer ojitos. Ha de tener la edad de tu mamá —repetía la indignada mejor amiga sintiéndose doblemente traicionada. Primero por el cambio de escuela y luego por las veleidades del enamoradizo corazón de María Teresa.

—No me hace nada, a mí lo único que me hace ojos son las ganas de que nadie me esté diciendo a dónde ir ni cómo llegar —Teresa se asustó de su propia contundencia y, como siempre hacía, remató con una broma. Le gustaba reír y hacer reír a quienes tuviera enfrente, sobre todo a Minacha—. Aunque a veces me gusta que me acompañe un tramo del camino.

Pocas semanas después de esa charla y a pregunta expresa del reportero que más tarde sería su gran amigo, Rómulo Velasco, María Teresa hablaría en entrevista sobre el éxito de publicaciones para mujeres "modernas", como *Jueves de Excélsior*, cuyo contenido ya no se limitaba a recetas de cocina ni etiqueta en la cama para señoras, que las revistas femeninas, siguiendo la pauta que sus lectoras les habían marcado, habían tenido que transformarse en "la demostración de que la mujer mexicana se está cultivando con miras más amplias. A partir del fin de la Primera Guerra Mundial, las sociedades van caminando por sendas muy distintas a las antiguas. Estas sociedades reconocen en la mujer un espíritu enérgico. Le dan otro sentido a su debilidad".

Su admiración por la prensa no era fingida. No sólo era su mejor ventana a ese mundo que jamás llegaría a conocer por su propio pie, sino que una revista iba a ser el nudo gordiano que le enredó la vida a María Teresa hasta dejarla convertida en una mujer distinta de la que estaba destinada a ser.

El 22 de marzo de 1928 salió la convocatoria para el primer concurso Miss México, organizado por el semanario *Jueves de Excélsior*, donde se instaba a señoritas de bien, solteras de entre 16 y 25 años, de buena reputación y que no fueran actrices ni cantantes (las bataclanas quedaban excluidas de casi todos sitios, podrá notarse), para participar y ser elegidas entre las cinco finalistas, de entre quienes un selecto y conocedor jurado elegirá a la triunfadora.

El día 24, un grupo de amigos que, a diferencia mía, sí tuvieron entre sus manos la convocatoria original del concurso, le llevó el periódico a María Teresa y luego la persiguieron por los jardines de la Escuela de Odontología tratando de convencerla de participar. La bombardearon con sus argumentos, en serio primero, a la risa y risa después.

—¿Te imaginas los bailes que vamos a organizar para la venta de boletos? La pura sabrosura, Tere.

—Ay, tú, eso de los bailes sí se me antoja, pero no entiendo qué tendrá que ver una cosa con otra.

—¡Para vender boletos! No creas que escogen a esas cinco finalistas por su "belleza y pulcritud", como dicen las bases, escogen a las que hayan juntado más cupones y esos sí se venden.

—Estás loco. Esos cupones no se venden, los regalan con el periódico.

—Ay, Tere, no seas ingenua. ¿Los periódicos crees que son gratis o qué? Alguien los compra y luego pone a toda la parentela a recortar cupones. Yo te apalabro los altos del Imperial para el baile de recaudación, el gerente es amigo.

—Ya cállate, que tú tienes más amigos imaginarios que yo pares de medias. Bueno no, no te calles, mejor cuéntame, ¿por qué dicen "candidatos", así en masculino? —intervino su leal escudera, la misma que la acompañaría a todos los compromisos de ese evento y de muchos, muchos más. En la cárcel y en las pasarelas en traje de baño se conoce la verdadera amistad.

—Pero, Minacha, si hasta la duda ofende: ¿cuándo se ha visto que hiciera falta una *candidata* para algo, si en este país de antropófagos las mujeres no tenemos ningún merecimiento para concursar en nada? Cuando mucho, ganamos la rifa de la plancha —soltó Teresa la nueva carcajada—. No vaya a ser que por inventar la palabra se nos vaya a meter en el cuerpo la idea de ser candidatas, por ejemplo, a gobernadora o presidenta de la nación —esta vez la carcajada fue grupal.

Los periódicos nunca dicen la completa verdad y, en todo caso, no tiene mucho sentido preguntarse si María Teresa se decidió a estampar su firma en el formato de inscripción de las *candidatos* a Señorita México por ésta o por aquella razón, pero lo hizo.

A lo mejor era verdad que se dejó convencer por sus amistades, como juró en el juicio que había ocurrido, pero tal vez la cercanía de Moisés fue lo que la hizo aceptar. Al menos querría cumplir un sueño antes de pasar de ser propiedad paterna a serlo del marido. Si bien María Teresa estaba segura de que el conocimiento era lo único que podía salvarla del destino doméstico que los Landa habían escrito para sus mujeres, también tenía claro que, dado su temperamento, era muy poco probable que pudiera resistir los embates del amor arrebatado que, pese a sus precauciones, algún día le iba a llegar.

O sería a lo mejor que, por el contrario, pensó que podría quitárselo de encima al participar en ese certamen "demasiado moderno" para los tiempos que corrían. ¿Sería verdadera la indiferencia, incluso fastidio, que Teresa decía sentir por Moisés en las primeras semanas, o más bien una "muestra indispensable para la modestia de cualquier dama joven", como tan bien señaló Jane Austen en *Orgullo y prejuicio*?

Quizá Moisés no tuvo que ver en su decisión y ella sólo estaba pensando en el premio en efectivo de mil dólares, aparte los regalos de los patrocinadores y los trajes de *soireé*, de calle y de baño. Estaba además la posibilidad de cumplir el sueño de María Teresa: salir del país. Volar. El Concurso de Pulcritud y Belleza, que luego se transformaría en Miss Universo, pagaría a la ganadora, y a una acompañante, el viaje para representar a México en las finales, que se llevarían a cabo en Galveston, la bucólica ciudad texana fundada por el conde de Gálvez.

O puede ser que en verdad quisiera ser reina.

Pero lo que me parece más probable es que María Teresa, en la calle de Correo Mayor, y Virginia Woolf, en la de Bloomsbury, estuvieran pensando exactamente lo mismo: una mujer necesita independencia económica para poder florecer.

Por otro lado, y aún en el siglo XXI, las mujeres que comparten habitación, y muchas veces también cama, tienen probabilidades muy escasas de florecer en alguna de las bellas artes. Ya no hablemos de oportunidades educativas, sino de sobrevivencia pura. ¿Cuándo se ha visto que el mujerío de arrabal pueda tener tiempo de pensar en arte cuando las urgencias del cuerpo, como comer y vestir, acucian mañana, tarde y noche?

El ensayo *Una habitación propia* se publicó en octubre de 1929, pero María Teresa no se enteró porque en ese momento habitaba una celda compartida en la Cárcel de Belén. Siempre carecería de un lugar propio porque a pesar de que muchas, muchísimas noches las pasó sola, su habitación mental siempre fue compartida por el fantasma del hombre que mató con seis tiros de su propio revólver. El del muerto.

Por 17 años, Teresa tuvo recámara personal en la casa paterna y tiempo después se reprocharía no haberla disfrutado más en aquellos despreocupados días de juventud.

Mentira. Nunca hay más preocupaciones que en esos años cuando el futuro, lejano o inmediato, depende de los otros. Siempre hay mil angustias de vida o muerte y, sin embargo, los adultos a menudo olvidan el casi permanente agujero en el estómago de cualquier niño.

En todo caso, Teresa recordaría como en un ensueño de una vida prestada que una noche, en esa misma habitación, firmó su aceptación a la candidatura y ahí mismo se fue a encerrar un par de días después para huir de la cólera en la que su padre montó al enterarse, como estaba mandado.

—No se lo tomes en cuenta, mija. Así son los hombres. Hasta raro se me hubiera hecho que no te regañara. Es que no se te quita la maña de hacer tu santa voluntad —Débora le reprochó con ternura, después de dejar en la mesita el ojo de Pancha y la misma leche bronca que Teresa tomaba a mañana, tarde y noche desde el día que pudo sujetar el vaso por ella misma.

—Y para lo que me va a servir, mamita. Ya lo oíste, dice que primero me pega tres tiros y luego se los pega él antes que dejar que yo vaya a "exponerme como en concurso de reses".

—Ni te pega, ni se pega nada él —respondió Débora—. Tu papá siempre está a la queja y queja, pero vas a ver, yo voy a convencerlo… Yo ya había leído del mentado concurso, si hasta lo comentamos con la vecina. Va a ser de mucho postín. Cuando tu papá se entere de que aquello va a estar lleno de muchachas de familia, ricas y elegantes, se va a ablandar.

—A lo mejor. Ofrecen trajes de noche. Dicen que todos los comercios de Madero quieren aprovechar la publicidad y van a regalar montones de productos a las finalistas. Los de La Casa del Radio también son patrocinadores, salió en el periódico que van a darle una radiola de las nuevas a la familia de la ganadora, para que puedan oír completito el concurso que van a transmitir desde Galveston.

—Ahí está, en cuanto se lo contemos a tu papá seguro que hasta obliga a sus lecheros a llenar cupones. Ya ves que lleva varios meses que, haya o no haya razón, nos hace pasar por la calle de Juárez nomás por ver en la vitrina la radiola de sus sueños.

—La Brunswick. ¿Te imaginas que gano y me regalan una? O si no gano, a lo mejor nos hacen una rebaja, ¿verdad?

—Vas a ganar, así que te la van a dar. Y un abrigo, qué bueno, porque el tuyo ya está muy remendado del forro y ve tú a saber qué tiempo haga en Galveston. Tendré que comprarme algo yo también, más modesto, sí, pero ni modo que vaya de acompañante de la Miss México con estos trapos.

—Ay, mamacita —Teresa rio enternecida y apretó a Débora en un abrazo—. ¿De veras piensas que puedo ganar?

—Y tú también. Si no, ¿para qué te fuiste a inscribir?

Unos pocos días después de firmar su candidatura, en esa misma recámara de la calle de Correo Mayor fue donde Teresa, atendiendo a la instrucción que Moisés le había dado por la mañana, abrió la ventana a las once de una noche de abril, después de desearle buenas noches a Débora y apagar la lámpara por si los metiches de sus hermanos pasaban por ahí, no tuvieran la ocurrencia de entrar a hacerle plática. En cualquier otro momento de su vida habría disfrutado las pláticas nocturnas con sus hermanos, pero desde hacía un tiempo, las horas de oscuridad eran de Moisés, estaban plagadas de su presencia o de su imagen ensoñada, de su voz.

—A ver si hoy tenemos suerte y me responde que sí, estrella de mis madrugadas —le había dicho esa mañana para suavizar la tajante orden de salir al balcón por la noche.

—¿Qué quiere que le responda si no me ha preguntado nada?

—Catorce veces le he hecho la pregunta.

—¿Lleva la cuenta?

—Sí.

—Pues ya se me olvidó cuál era.

—¿Quiere ser mi novia, lucero de mi amanecer?

A las once en punto de esa noche, las notas de "Estrellita" flotaron por entre adoquines y herrerías garigoleadas. Se entretuvieron en los halos de las lámparas que, aunque eran eléctricas, no habían podido deshacerse de las costumbres de cuando eran de gas. Era una música sosegada, un imán para la melancolía. Teresa fue cayendo en el ensalmo y sus pies flotaron hasta el balcón, sus manos se apoyaron en la baranda, su sonrisa se formó a partir de los labios entreabiertos por los que exhaló el inequívoco suspiro previo a la rendición.

En la esquina, Moisés. Detrás de él, en las sombras de los personajes temporales e incógnitos que necesita cualquier historia, un guitarrista.

Debajo de la lámpara de dos brazos, apoyado de costado y con un pie cuidadosamente cruzado detrás del otro, Moisés se tocó el ala de su Borsalino para alzar la vista y mirarla con una urgencia de hombre que quiere jugar a que su vida depende de una respuesta, pero sabiendo que podría apostar esa misma vida con toda tranquilidad porque ya tiene las de ganar.

Teresa asintió con la cabeza.

Ambos sonrieron olvidándose de que era abril, un mes poco propicio para el amor.

La canción volvió a empezar.

Tú eres, estrella, mi faro de amor,
tú sabes que pronto he de morir.

Jaime, el compañero de pensión de Moisés, oyó el silbido primero y los pasos después.

Moisés llegó ya cerca el amanecer y sin poder dar cuenta de en qué había gastado esas horas entre ver a Teresa y llegar a República de Chile, si por lo general le tomaba media hora cuando mucho.

—A nadie se le pierden las horas, amigo. ¿Anda borracho?

—De amor.

—Parece primerizo, general.

—Eso soy. Con Teresita me voy a casar, Jaime, óigalo bien, me voy a casar.

—Pues allá usted, pero… ¿qué van a decir su esposa y sus hijas?

—Con que les mande sus 18 pesos mensuales, no se tienen por qué enterar. Pero no me agüe la felicidad, amigo, que esta noche es noche de altos vuelos. Nunca nadie había andado tan enamorado como yo ando.

—No sé si admirarlo por ser capaz de querer con esa intensidad o pegarle un balazo por cínico. Pobre muchacha… porque me imagino que no le ha dicho usted que ya tiene familia.

—¡Era cosa del destino, Jaime! Yo nací para enamorarme de todas las Teresas que se me crucen en el camino. Así se apelliden Landa o Herrejón. Al destino no hay quien le pueda plantar batalla.

5

Candidato

No está de más ponerse en el lugar de la víctima: Moisés había pasado por muchas vidas: campesino pobre, militar y malhechor, padre, hijo, hermano. Debió sentir que ya iba en la bajadita de su existencia, cuando de pronto llega la oportunidad de volver a empezar, de sentir, de amar, de ser otro y vivir sin pasado. Y encima con una jovencita que lo devolvería a los años a los que jamás sospechó poder regresar.

Pero, en realidad, ¿cuántas víctimas hubo? A Moisés le tocó el papel del muerto; sin embargo, María Teresa fue víctima de bigamia en el ámbito legal. Los daños que sufrió por dentro fueron incontables. Él tenía 37, ella 17.

Pasa en tiempos de guerra, de posguerra, de epidemia, de *crack* en la bolsa; siempre que la vida real se endurece, el amor o sus imitaciones se alzan con el trofeo de la victoria. No se necesita mayor explicación para comprender el fenómeno.

El amor salva porque es el mejor de los espejismos. El más atractivo, el mejor sitio para tirar el ancla en mitad de los tempestuosos mares del presente.

Y es justo por eso que no cuadra que María Teresa se haya inscrito al concurso ya habiendo hablado de amores con Moisés, ¿en qué cabeza cabe que un correoso militar habría permitido que su novia se exhibiera en cueros? La historia con minúscula se pandea.

Por otro lado, la Historia con mayúscula está toda descuadrada. ¿Por qué, por ejemplo, Emiliano Zapata fue a Chinameca si hasta el aguador que pasaba por ahí se las habría olido que aquello era una emboscada? Porque era persona y las personas somos ilógicas, impulsivas, medio atarantadas… Por más que la Historia oficial se empeñe en querer explicar lo contrario, la vida está llena de giros inverosímiles.

El amor de Teresa y de Moisés floreció como sólo pueden hacerlo los amores imposibles. La urgencia por la mirada, el tacto, la voz de la otra persona, se acrecentaba con cada minuto que estaban separados, y puesto que apenas podían verse, ya nos podemos imaginar que subió como la masa con levadura cuando la dejan ahí nomás, solita, esperando.

Moisés pronto descubrió que, a diferencia de la Otra Teresa, la Herrejón, su novia, la Landa, sólo podría ser domada por las buenas. El espíritu de modernidad de la capital del país había impregnado a la gente y él quería impregnarse también, ser otro, aunque le costara lo indecible batallar con los chingados cubiertos. Los años de pulquerías sin escupideras se habían terminado para él. El Moisés renovado necesitaba encajar con ese hombre moderno que cruzaba las piernas mientras descansaba en el sillón leyendo diatribas antiteológicas y sabiendo que eso que sonaba era Debussy.

Pinche modernidad, pensaba Moisés.

Cuando María Teresa firmó su candidatura no pensó en Moisés porque aquello no le atañía. Sería una batalla entre ella y su padre o, si acaso, contra Rafa Chico que nunca se sabía cómo iba a reaccionar ante los arrebatos de su hermana. Ya con esos dos varones tenía, ¿qué pitos iba a tocar otro? Pues muchos, según se lo indicó Minacha, que si tanto insistió en que entrara al concurso fue en parte para que su amiga abriera de una vez los ojos para ver el despropósito que estaba cometiendo al hacerse novia de un viejito que más iba a tardar en anudarse la corbata que en querer amarrarla con un anillo de bodas. Conocía lo suficiente a su amiga como para saber la poca paciencia que tenía con la gente que le ponía trabas, sus respuestas alrevesadas cuando alguien le decía que no.

Lo que Minacha ignoraba era que su amor por Moisés no era flor de un día. Era un amor adolescente, bronco, impetuoso. Y así sería por el resto de su vida, jamás iba a cambiar y no porque fuera especial, sino porque iba a terminar antes de que la pasión pudiera extinguirse. A su amor no le dio tiempo de salir de la etapa de encantamiento, cuando todos somos perfectos, irreprochables, dueños del mayor de los esplendores.

Cuando se enteró del concurso, Moisés pensó que, en efecto, la modernidad era una cosa muy pinche, pero reaccionó como todo un liberal. Que Teresita supiera que no estaba tratando con un antropófago de costumbres cavernarias.

Sin embargo, aquella liberalidad se puso en jaque cuando se enteró de que en uno de los eventos tendría que pasearse en traje de baño por los jardines de la Alberca Esther, una especie de club social ubicado en el "campo" de Xochimilco. Y peor cuando supo que ese momento quedaría para siempre inmortalizado por la cámara fotográfica del Gordo Melhado.

—Ahí si no transijo, mi alma. ¿Cómo le vas a enseñar los chamorros a todos antes que a mí? —le dijo entre broma y broma a su Tere.

—Fácil, eso se arregla si te los enseño primero a ti —rio María Teresa.

—No me prometas lo que no piensas cumplir.

—Soy mujer de palabra.

—Pongamos que sí. ¿Qué hacemos con los otros mirones?

—No existen. Yo voy a posar pensando sólo en ti.

—Pensar, pensarás lo que quieras, pero mirarte, te van a mirar todo. ¿Ya le dijiste a tu papá? —Moisés preguntó por no dejar, porque ya sabía que cualquiera que hubiera sido la respuesta de don Rafael, la Tere ya estaba más que decidida.

—Es que ahí está el truco, ¿quién de mi familia se va a dar cuenta de que tú, precisamente tú, estás entre los asistentes del evento? Y hablo de ese evento y de todos los demás. Ya estoy harta de tener que inventar todo un radioteatro para poder ver a mi novio. Velo como una oportunidad... Otra es que nos arriesguemos a que hables con ellos... —le propuso María Teresa sabiendo que por muy intrépido galán que fuera su general, seguía con la manía del secretismo, serían cosas de viejitos.

Sin argumentos ni contrataque, Moisés tomó lo que le ofrecían. ¿Qué más podía hacer cuando su propio radioteatro dependía de que nadie se fijara demasiado en los detalles de la construcción? Las novias creen, los papás de las novias averiguan primero, pensaba Moisés, y pensaba correctamente.

En las semanas siguientes, mientras iban saliendo las imágenes de su novia en el periódico, Moisés comprendió dos cosas: que María Teresa iba a ganar y, por lo tanto, lo mejor que podía haber hecho era apoyarla puesto que sólo así se aseguraría de retenerla; y que a su edad y en sus circunstancias, tener por esposa a una hembra como aquélla no podía ser visto más que como una rotunda victoria.

El Gordo Melhado y otros fotógrafos de sociedad tomaron las festivas fotografías de la primera vida de María Teresa, cuando era una mujer que nunca dejaba de sonreír ni cuando posaba en traje de baño para un concurso de belleza. Una de ellas, que tiempo después sería usada por un abogado como prueba inapelable de liviandad, nos muestra a la *candidato* a Señorita México con la mano en la cintura y una vestimenta por demás descocada para la época. Se pasea en los jardines de la Alberca Esther y no se le ven intenciones de tirarse a la piscina que sí existía, pero en ese caso sólo servía de pretexto para hacer posar a las participantes en traje de baño. Porque en aquellos años los hombres podían matarse por 10 centavos a las puertas de las pulquerías, pero ay de aquella que enseñara las piernas. Era 1928 y México apenas estaba levantando cabeza después de la revoltura revolucionaria, pero ella reía porque todos la adoraban.

Aprovecharían cada entrevista, cada paseo, cada salida de María Teresa para verse. Aunque sin estar convencida de los atributos del novio, Minacha sabía ser leal y si su amiga necesitaba una tapadera, ella sería la mejor; por lo tanto, convenció a Débora de suplirla en ciertos eventos, asegurándole que ella sería tan buena chaperona, tan vigilante como su propia madre.

—Sirve que usted no descuida a don Rafael que ya ve que nomás es abrir el periódico y empezar con las habladas, no se nos vaya a hacer diabético de tanto coraje —Minacha le dijo a Débora.

—Ahí sí te doy la razón, con decirte que los jueves me levanto al alba para alcanzar al periodiquero en la esquina y esconderle el semanario a Rafael.

—Y peor ahora que van a empezar a hacerles entrevistas a las muchachas. Usted estese al pendiente del *Jueves* y yo acompaño a la Tere a la entrevista. La cita es terminando clases, así que me pego la carrera y llego a tiempo. No se vaya a enojar don Rafa porque no vaya por el mandado ese día.

—Ahí te la encargo, ya ves que esta muchacha tiene la lengua más desbalagada que su abuela…

Débora tenía razón. Todavía era abril cuando Rómulo Velasco la entrevistó y Minacha se moriría de celos y de admiración al oír que su amiga, apenas empezando la entrevista, ya había soltado aquello de que las mujeres son más adecuadas para la escuela que los hombres. Ni entonces ni nunca Minacha dejó de pensar que su amiga era la mismísima representación de todo lo que ella no se atrevería a ser jamás.

Ni a los talones le llegan las otras *candidatos*, reflexionaba Minacha. Como la Raquelito esa, tan educada, tan contenida, simpática, eso sí, como deben serlo las muchachas de familia. Ahora que, si de familiares famosos se trata, pues nadie le gana a Eva Frías, hija de don Heriberto, el escritor y periodista; pero con todo y ese padre, sus respuestas no se acercaron a la provocación que Teresa había de soltar en cada una de sus frases. Ultimadamente, pensaba Minacha, la Eva está muy alta, las mujeres no debieran ser tan altas. Ni para el arranque le serviría a su amiga.

"La mujer estudiante se distingue por su aptitud (¡Ay, tú —dirigiéndose María Teresa a su amiguita— me van a matar!). Sí, señor, se distingue por su aptitud. Avanza más rápidamente. Nosotras tenemos mucha paciencia. Olvidamos más fácilmente, pero asimilamos más pronto". Dijo en esa entrevista que embelesó a Rómulo a tal grado de que, pese a la anhelada imparcialidad de su oficio, el periodista no dudó en publicar sus juicios para "la candidato más bonita".

El día de la entrevista, Minacha se hacía a un lado, la dejaba lucirse no solamente porque imaginaba que María Teresa no tendría un momento igual para sobresalir (se equivocaba), se hacía a un lado también porque su amiga lo abarcaba todo con su presencia. El brillo de sus ojos era reflejo del de Rómulo, del de tantos que cayeron en la red de la Viuda Negra —*Ladrodectus mactans*— y no porque ella se lo propusiera, sino porque su sobrevivencia en este mundo, como un poco después se comprobaría, dependía de la fiabilidad de su telaraña.

María Teresa no sabía cómo dejar de imantar. No se trataba de su belleza física, era la telaraña que se iba formando con cada palabra que salía de su boca.

"María Teresa no rebusca sus palabras; no titubea ni un instante. Ágil, agilísima de pensamiento, tiene la contestación pronta. Y no sólo esto, sino que a sus opiniones las acompaña de una ligerísima sonrisa, en que percibimos algo de ironía. No pontifica. Anticipándose a la posible crítica, ella como que se burla de sí misma. ¿No es esto de espíritus selectos?". Escribió el periodista, uno de los pocos que se mantuvieron permanentemente del lado de la Landa después del asesinato.

Moisés, alertado de la cita con anticipación, hizo guardia en los alrededores de la Escuela de Odontología desde temprano y en cuanto vio al periodista oaxaqueño frunció el ceño. ¿Y ese pinche mono, qué? Habrá pensado. Moisés sólo vio sus rasgos físicos y su confianza en el andar, y si ya con eso se moría de celos, no quiero ni imaginar lo que habría sentido de saber que Rómulo Velasco tenía la pluma y el verbo lo suficientemente ágiles para que María Teresa lo adoptara, casi inmediatamente, entre sus afectos.

María Teresa había visto los impacientes rondines de Moisés, así que cuando Rómulo le propuso salir de la escuela para hacer la entrevista en un sitio menos ruidoso, se olvidó de su feminismo para buscar, de lejos, la aprobación de su general.

—Vámonos de pinta —le planteó el periodista.

María Teresa vaciló unos breves instantes y luego dijo:

—¡Vámonos!

El general había asentido con la cabeza, pero con el malestar en el semblante.

Lo que la entrevista no dice es que Minacha, al ver en la puerta a Moisés, le secreteó a María Teresa que la dejaría sola para ir a avisarle al novio que la esperara en el café de Loreto. La amiga desapareció de escena, pero Moisés, celoso y emperrado, no se fue al café, sino que siguió a *su* novia y a Rómulo tratando de oír lo que hablaban, queriendo saber cada palabra, pero pronto se aburrió. Tanto libro y tanto extranjero como nombraban, a él no le servían más que para azurumbarle el entendimiento.

María Teresa, la aún ignorada estudiante, y Rómulo, el ya muy reconocido periodista, dieron por terminado el requisito de la entrevista a unos cuantos metros de la escuela, pero siguieron caminando mientras hablaban de libros. De Anatole France y Oscar Wilde, sus favoritos en ese momento. De Wells, de Joyce, de Shaw. Rómulo, el hombre instruido, se quedó boquiabierto de que una muchachita de 17 conociera a tantos autores, incluso algunos que a él le eran desconocidos, como el argentino Juan José Soiza Reilly, cuyo nombre transcribió mal porque no se atrevió a preguntar y, a diferencia mía, no tenía una red para consultar los libros y los rostros de esta ristra de personajes que son nombrados a cada instante y que, por las fotos, a mí me parecen de idéntica edad, aunque tengan 22 o 57 años.

¿Será que los líquidos que los fotógrafos usaban antes igualaban las caras como si fueran filtros? ¿O más bien es que, pese a lo que queremos creer, en realidad las personas no pasaremos a la historia más que como espejos de quienes nos rodean?

En el cafecito, Moisés pasó 60 minutos insultándose por haberlos dejado solos, carcomiéndose los sesos, pensando cómo vengarse del oaxaqueño que para esas horas ya le habría quitado a la novia con su cháchara de libros.

A pesar de los celos que le habían amargado tanto que tuvo que ponerle cuatro cucharadas de azúcar al café, en vez de las tres de siempre, Moisés sonrió de punta a punta cuando la vio entrar presurosa, con el pelito un tanto despeinado por la carrera, por las prisas de encontrarlo, de tocarlo.

Como en todos los fugaces encuentros que el concurso propició, se encontraron y fue desbordarse en tocar sin tregua la piel del otro, aunque en aquellos principios, cuando apenas llevaban una semana de novios, aquel tacto a menudo se quedaba contenido a las manos, los nudillos, el pliegue de la muñeca, el ángulo de un dedo convertido en garra. Diez centímetros de piel en los que cabía todo el deseo del mundo cuando María Teresa acariciaba con su meñique el dorso de la mano callosa y morena, extensa, con sus montes y ríos, inacabable. Con esas manos grandotas, como las orejas, que no deben de servir más que para explorarla mejor.

—¿De Oaxaca te dijo que era el *chupatintas* ése? Aquellos rumbos son feos, feos, como él —celoso de las palabras que le fueron ajenas, se quejó Moisés, se cruzó de brazos Moisés, miró para otro lado Moisés.

—A ti sólo Veracruz te parece hermoso —en vez de decirlo, María Teresa casi suspiró la frase, le acarició la mejilla. Y Moisés volvió a mirarla. Teresa deslizó la mano por el cuello, el hombro, el antebrazo, hasta posarse en los nudillos, un aleteo de paloma apenas. Y Moisés descruzó los brazos, se erizaron los vellitos de sus manos, retumbó de cuerpo entero al ritmo de la sangre que decidió congregarse bajo el tacto de María Teresa. Y Moisés, sin embargo, no dejó de quejarse porque aquella forma de contentarlo que tenía María Teresa le estaba pareciendo la segunda mejor cosa después de sus besos.

—Claro que sólo Veracruz es bello. A diferencia del mono ése, feo como pegarle al Cristo en Viernes Santo. ¿No le viste ese hocicote más grande que mi yegua la Colorada?

—¿Estás celoso, Moisés? —María Teresa interrumpió el juego con su risa emocionada.

—¿De ese pela'o? Ni de ése ni de los moscardones que te zumban nomás asomas tu naricita de tejocote a la escuela. Qué le hace. Yo sé que mi Teye nomás piensa en su general, ¿verdad?

—Verdad.

—No ando celoso, pero Dios quiera que ya acabe esta fregadera de concursito.

—¿Y cómo nos vamos a ver entonces?

—Te robo y nos casamos pa' que no haya pierde.

—¿Y me llevas a bailar?

—Te llevo a la luna si te dejas robar. ¿Te dejas?

—Primero a bailar.

—¿"Estrellita"?

—Ésa sólo contigo. Con nadie más podría volver a bailar esa canción.

Se contentaron en tiempo récord. Ella, porque no estaba hecha para el rencor. Y él, por la promesa de futuros encuentros. Bailes en traje de noche, de esos que dejan los cuellos al descubierto, listos para ser besados.

La tarjetita decía que el Club Juventud y Alegría se complacía en invitarlo al baile de recaudación de fondos de la primera Señorita México, Srita. María Teresa Landa, a quien todos sus conocidos daban por ganadora.

Por suerte ya no era abril, sino un sábado 12 de mayo, cuando los Altos del Imperial recibieron a la comitiva de fiesteros. Cualquier otro militar de provincias se habría sentido intimidado ante tanto palacio como había en la calle de Bolívar, con su Club de Banqueros y su Colegio de Señoritas, pero Moisés no. Él tenía la certeza de que la suerte, siempre, pasara lo que pasara, estaba de su lado.

María Teresa lo vio llegar y le vino la risa floja a pesar de que nadie a su alrededor la hubiera provocado. Tan guapo y comedido, tan elegante con el esmoquin que le prestó Jaime pero que al vérselo puesto a Moisés parecía haber sido hecho a medida, como sus ojazos, su naricita, sus labios que ella se moría por mordisquear.

Bailó las piezas prometidas que le parecieron eternas. Ella sólo esperaba que tocaran su canción. La que era de ellos. La que le había prometido bailar sólo con él hasta que el mundo se saliera de sus goznes.

Eran la nobleza y la milicia enamorados.

Era una muchachita que se creía reina, aunque aún no tuviera corona.

Era una reina encerrada en un tablero pequeñito. Sesenta y cuatro cuadrículas por llenar y millones de pasos posibles para ganar la partida. ¿Cuál de los contrincantes iba a perder más?

Como en película romántica, el mundo se hizo invisible y sólo quedaron ellos, oscureciendo con el reflector de su enamoramiento al resto de las parejas. Queriendo que la canción y el abrazo duraran para siempre. Quien los vio bailar supo que el deseo estaba por reventarles en el cuerpo. Siempre, desde ese primer baile y hasta la noche final.

Tal vez pensando en ese preciso momento, respondió a una pregunta de Rómulo en la entrevista para el semanario: "El bailador va pensando en la belleza del ritmo de la música, en la belleza del movimiento de los cuerpos. Su pensamiento está alejado de torpes sentimientos". Torpes. Así son los sentimientos a los 17, ¿verdad, María Teresa? Mejor olvidarlos, dejar que los cuerpos y sus pasiones guíen. Al menos durante los tres minutos que dura la canción y que, todos sabemos, pueden ser eternos.

Rafael Landa también los vio bailar, el día de su boda.

—Venus y Marte se están casando, vieja. Dios nos ampare de lo que pueda pasar —le dijo a Débora. Tenía razón.

Pero eso fue después. Aquella noche de mayo fue de ellos y sus vientres apretujándose como si la vida pronto se les fuera a acabar.

También estaban en lo correcto.

6

Promesa

Los meses de concurso pasaron como un suspiro. Como pasa la brisa en las tardes de domingo, cuando las muchachas en flor de las que hablaba Proust eligen para pasear su impetuosa fuerza vital un jardín de Xochimilco en vez del parque Monceau. De domingo a domingo, la Alberca Esther se llenaba de brotes de reinas, cuando las *candidatos* se paseaban suspirando no por amor, sino por el anhelo de viajar a Galveston, donde la vida quizá no fuera mejor, pero les permitiría florecer lejos de las ataduras familiares. Para ello contaban con agradar a los votantes. ¿Una foto con Merceditas, la dicharachera yucateca? ¿Una limonada mientras platica con Eva? Ay, no, póngame en la mesa de Angelina a ver si le sonsaco una sonrisa. ¿Me hace el favor de retratarse conmigo, Teresita? Yo le di mi voto.

Como era previsible, Raquel, la candidata patrocinada por el sindicato de ferrocarrileros, llegó a las cinco finalistas. Lo mismo que Angelina del Bosque, una hermosa mujer de amplias formas que unas décadas después habría sido el hazmerreír de la prensa por su talla generosa, quizá lo mismo que María Teresa, quien pesaba sus buenos 64 kilos y tenía unos muslos que en estos tiempos serían tachados de indecentes por cualquier revista de moda.

Eva Frías también estuvo entre las finalistas y María Teresa siempre le tuvo un respeto que más se acercaba al miedo. Débora sentía lo mismo; pero a la buena mujer lo que le amedrentaba era su estatura física, mientras que a Teresa le imponía su estatura mental. Siendo hija de Heriberto Frías, un periodista y escritor, Eva tenía una cantidad de lecturas encima que hacían sentir pequeñita a la Landa.

—¿Qué se sentirá tener un padre con el que puedas hablar de libros y no sólo de vacas? —le preguntó a Minacha mientras ella y su madre la veían jalonearse los largos bajos de su traje de baño.

—Muchacha malagradecida, ¿pues de qué otra cosa quieres que hable un lechero? —la reprendió Débora porque era lo que se esperaba que hiciera, no porque hubiera falta de verdad en la frase.

—No es queja. Es que con papá no se puede hablar de nada. Parece que le pica una culebra cada vez que se le sale alguna frase de persona normal cuando habla conmigo. Un día dile, mamacita, que los varones no están impedidos por la naturaleza para entablar conversación con sus hijas, con-ver-sa-ción, no lecciones. Cuando estoy con él, siento que mi único destino es ser instruida.

María Teresa había llegado al punto de cesar en sus intentos de relacionarse con Rafael Papá y por fin, tras años de lucha adolescente, entregó las armas y optó por convertirse en esa extraña, un tanto atemorizante, que compartía mesa con tres varones y una sombra que iba y venía de la cocina a la mesa atendiéndolos a todos.

La final del concurso se celebró en la Alberca Esther. Un lugar propicio por sus múltiples jardines que permitían que las participantes y sus acompañantes pudieran pasear la belleza de sus vaporosos vestidos. Había alberca para pretextar el traje de baño, además de elegantes salones y restaurantes donde pudiera agasajarse a jurados, prensa, colados y claro, a las aspirantes a reina más sus infaltables chaperonas y amistades. Entre éstas, desde luego, se encontraba Minacha, cuyas alarmas se habían encendido al conocer a la única de las finalistas que podía opacarla como amiga del alma: Merceditas. Risueña. Fulgurante. Y probablemente feminista, ¿qué más podía esperarse de una yucateca moderna si aquel estado estaba a la vanguardia gracias a Felipe Carrillo Puerto? O en realidad, a su hermana Elvia, quien lo influyó (o le hizo manita de puerco, a saber) para que

Yucatán fuera el primer estado de la República que permitió que las mujeres pudieran pedir el divorcio, tuvieran asesoría y acceso gratuito a métodos anticonceptivos y, ahí nomás, incluso al voto. Lástima que todo se fue abajo cuando mataron a Carrillo Puerto. Si el resto del país hubiera seguido su audaz ejemplo, a lo mejor los periódicos se habrían ahorrado varios insultos contra las autoviudas.

Pero el 19 de mayo, día de la final, los celos preventivos de Minacha desaparecieron al conocer en persona a Merceditas quien, en efecto, era una muchacha agradable y simpatiquísima, pero una *candidato* de lo más mesurada. Tras el asesinato de Carrillo Puerto, Yucatán quedó muy lejos de aquel estado progresista que alguna vez fue. Como ocurre después de un ciclo liberal, la cerrazón se apropió de las morales con renovado entusiasmo y la sociedad yucateca había pasado a convertirse en una de las más conservadoras del país.

Pero a pesar de que las mujeres yucatecas no pudieran salir solas a la calle ni leer lo que se les vinera en gana en vez de lo que sus padres les permitían, conservaban la libertad del cuerpo que sólo los climas cálidos pueden aportar. Merceditas era la que más segura y confiada se veía enseñando los hombros o las piernas en su traje de baño, estaba acostumbrada a hacerlo. En tanto que María Teresa, Raquel y Eva se las vieron negras para lucir con naturalidad su traje de baño para la cámara de Melhado.

"Son excelentes muchachos (los de la Ciudad de México). Tienen mucha labia y a las mujeres de mi tierra nos encanta que nos traten con cariño", dijo Merceditas en su correspondiente entrevista con Rómulo Velasco, que en sus palabras dejó constancia de la ternura que le provocaba aquella *flapper* admirando, por un lado, la majestuosidad de los edificios de la capital y, por el otro, la suciedad de sus calles. "¡Cuánta gente pobre hay aquí! ¡Hay mucha miseria! Me da tanta tristeza verlos por las calles con esos vestidos, Dios mío. Allá en Mérida no hay tanta miseria, tenemos un asilo y un hospital".

Teresa disfrutaba platicar con Merceditas, se hacían reír la una a la otra, se molestaban. Mercedes pegaba el grito de susto cada vez que María Teresa salía con sus ideas feministas y, para tranquilizar el devoto espíritu de su rival de concurso, le juraba que ganas le faltaban de irse a vivir a Mérida sólo por adoptar esos dichos que no decían nada, pero lo decían todo, como "lo busco, lo busco y no lo busco". Eran como el agua y el aceite y, sin embargo, las carcajadas de ambas resonaban por los jardines de la Alberca Esther el día que, por fin, se conocieron.

A pesar de ser competencia para las otras, las cinco se atrajeron inmediatamente. Todas sabían el predicamento en el que se encontraban y, a pesar de que ninguna lo expresó en voz alta, todas sabían lo que era ser sometida al escrutinio desde temprana edad, por lo que, entre ellas, en confianza, las cinco dejaron de sumir la panza y se dedicaron a disfrutar.

Teresa habría podido ser amiga de una o de todas, pero en ese preciso momento estaba incapacitada para estrechar lazos con nadie. Su cuerda estaba atada a Moisés, quien se paseaba por ahí dándose aires de gran señor, como el compadre Panuncio lo había instruido a hacer. No hace falta ser el mandamás, muchas veces basta con parecerlo.

María Teresa, auxiliada por Minacha, se daba sus escapadas y, como niña jugando a los novios, corría a darle besitos a Moisés y él se dejaba convertir también en el niño que nunca fue porque la responsabilidad y la guerra le cayeron demasiado pronto.

Pese a las urgencias, eran pocos los besos de verdad que se habían dado, ya ni hablemos de sexo. Ese quedaba fuera de toda posibilidad práctica, por más que entre abrazos, cines y bailes, ambos demostraran que no hacía falta más que un breve suspiro para llevar a la práctica todo eso que la imaginación llevaba mucho tiempo ejecutando. Muy liberal, pero María Teresa seguía ateniéndose a las reglas del juego que la sociedad le había adjudicado desde su primer aliento.

Hasta ese día.

Porque el vestido de organza rosa, el sombrero de ala ancha, las pantorrillas veladas por las medias blancas, el collarcito de perlas cultivadas y los aros que le enmarcaban el rostro chispeante y etéreo, convirtieron el deseo de Moisés en urgencia inaplazable. ¿O sería más bien que verla subyugar a tantos hizo que el general quisiera decretar para siempre que esa plaza ya estaba tomada?

Ambas. El amor es peligroso porque no puede prescindir de la apropiación.

El 19 de mayo de 1928, María Teresa de Landa ganó el primer concurso Señorita México por voto unánime de los cinco jurados: el director de la Academia de Bellas Artes, un escultor, un pintor y dos literatos, quienes coincidieron en afirmar que Teresa reunía todas las virtudes (y las proporciones) de la mujer moderna.

En una de las fotografías de la premiación se ve a la Miss mirando seductoramente a un hombre que, para agravar el caso, le roza la cintura, hecho que habría sido imposible de imaginar en otras circunstancias. ¿Por qué una señorita de bien iría a plantarse de ese modo, con los brazos encuerados y propiciando la mirada lasciva de un caballero? Por puta, dirían y repetirían en montones de casas a la mañana siguiente, cuando las fotografías salieran en la prensa.

En esta foto, Gonzalo Espinosa le está colocando la banda que la oficializa como ganadora del evento. ¿Cómo más podía mirarla el mencionado caballero sino con deseo? Además de ser el gerente del semanario *Jueves*, Gonzalo fue otro de los amigos con aspiraciones que Teresa dejó regados en su camino y que, al paso del tiempo, se convertirían en los mejores cronistas de su historia.

En una mano sujeta un ramito de flores y la otra se apoya levemente sobre su propio hombro, en un ademán digno de una reina. Mira de abajo hacia arriba a Gonzalo, con una miradita a lo Lauren Bacall, que para ese momento tenía unos cuatro años y ni la más remota idea de que el mundo entero también la juzgaría por su belleza. Ambas mujeres también ignoraban que la Bacall compartiría con la Landa el hecho de haberse ido a enamorar de un tipo casado y con la edad suficiente para haber sido su padre.

Ni la *miss* ni la actriz se hicieron leer las cartas del tarot a su debido tiempo, de lo contrario, a las dos les habrían predicho la inminente llegada de un misterioso moreno que las harían estremecer lo mismo de miedo que de felicidad.

Contaba Lauren que, jovencita e inexperta, el cuerpo entero le temblaba cuando conoció al que sería su gran amor. Ella era una actriz novata casi desconocida y la primera vez que lo vio fue en un casting, en presencia de varios escrutadores que analizarían sus dotes histriónicos, pero, sobre todo (no nos movamos a engaño), su físico. Sería su primer papel importante y la prueba consistía en actuar una escena, nada más y nada menos, que con Humprey Bogart.

Para que la cámara no notara la temblorina, Lauren optó por no mirar de frente a Bogey, ya que cada vez que lo intentaba se sentía desfallecer. Fijó entonces la vista en el encendedor que el moreno y misterioso actor debía ofrecerle en su primera escena juntos. Sin alzar la barbilla, levantó los ojos lentamente y el mundo se rindió a sus pies. Lauren Bacall fue conocida como la Mirada incluso en sus necrológicas. ¿Quién le iba a decir que el mundo entero confundiría con seducción y misterio lo que no era más que timidez y nerviosismo?

¿Algo así le habrá pasado a Teresa?

A pesar de sus lecturas y sus anhelos, tenía 17 años y los hombres que la rodeaban le llevaban una vida entera por delante.

La que no sale en la foto es Débora, que también estaba ahí, aunque seguramente, su actitud no tenía la más mínima intención seductora, al contrario, todo en ella debía indicar el agotamiento del ajetreado día, que se había pasado con los músculos en alerta, como hacen las leonas cuando quieren proteger a sus crías. Llevaba horas casi sin separarse de la nueva reina y abría mucho los ojos para que no se le pudiera escapar ningún peligro. Estaba tan pendiente de los jurados y los periodistas que pasó por alto al misterioso moreno que, desde una esquina, sin soltar la copa incesantemente llenada, miraba con apetito a la virginal reina de belleza, que iba y venía con sus zapatitos de charol en sus intentos de no dejar desatendido a ninguno de sus escrutadores.

La noche había sido un éxito y no había hecho más que empezar.

Era ya de madrugada cuando la reina y su corte regresaron a la casa de Correo Mayor en un automóvil que el *Excélsior* puso a disposición de la Miss, desde ese momento y hasta que terminaran sus compromisos de reina.

—Mamacita, ve subiendo, ahorita te alcanzo, nada más me despido de Minacha —le dijo María Teresa a Débora, y la buena mujer, que apenas podía mantenerse en pie del cansancio y venía ya adormilada por el ronroneo del coche, aceptó encantada de dejarle a Minacha la labor de repetir y escuchar hasta el mínimo detalle del evento. Además, y como cualquier buena madre lo sabe, María Teresa y su mejor amiga mucho tendrían que comentar de la fiesta y de las cosas ésas que no se le platican a la progenitora. De todos modos, ahí estaba el chofer para que las cuidara de los malhechores, ¿no?

Teresa le lanzó una explícita mirada a Minacha y así, sin palabras, con el puro gesto y la dirección de los ojos, la amiga comprendió que su misión sería entretener al chofer y, de pasada, soltar un par de buenas carcajadas que Débora pudiera oír antes de quedarse dormida. Tapadera completa para que María Teresa pudiera correr al enchampañado encuentro de Moisés, que ahí la esperaba.

De entre las penumbras salió el futuro general, dio unas silenciosas zancadas hacia su novia y de un certero abrazo la condujo al quicio de una puerta. Olía a cigarro, a alcohol, a colonia que lleva ya demasiadas horas sobre el cuerpo como para poder enmascarar el sudor.

—No lo solté ni un segundo desde que me lo dieron porque lo estaba guardando para ti —le dijo Teresa ofreciéndole un ya maltrecho ramito de azahares.

Moisés tomó las flores junto con la mano que lo sujetaba y la arrinconó contra la pared para acomodarle los labios encima y, con ellos mismos, entreabrir los de María Teresa.

El beso sabía a lo mismo que olía Moisés: a aventuras que iban a llegar de muy lejos, a glorias pasadas y guerras perdidas, a estrellitas y soledades bajo la sombra de un palmar. Habría millones de besos más, ninguno tan absoluto como aquél.

Esta historia no es exacta. Es la que mi entendimiento compuso con retazos de libros, periódicos, fotografías y una buena parte de imaginación. Mi verdad no es la de nadie más. La de *El Nacional* no es la misma que la del *Excélsior* ni *El Informador*. Mis ojos no leen con el mismo lente con el que un esforzado reportero escribió en el siglo pasado. No se ha descubierto en cuál árbol crece la Verdad Absoluta y hay que resignarse. Una cuenta el cuento, el resto es pura vanidad. Lo cierto es que María Teresa se fue a Galveston, al viaje que podría haberla liberado, ya comprometida. Ya atada a él. El hilo de Ariadna nunca pudo cortarse ni aun después de que Teseo lo dejara olvidado en el suelo del laberinto, como se olvidan las cosas que ya no son útiles.

—Te vas a ir —Moisés le dijo la frase más corta que pudo pensar, la que menos exigiera tener que despegar los labios de la piel de su Teye.

—Pero regreso —respondió María Teresa con el poco oxígeno que pudo jalar entre un beso y otro.

—Prométemelo.

—¿Lo dudas?

—Prométeme que volverás para casarte conmigo.

—¿Me estás pidiendo matrimonio?

—Te estoy suplicando que te cases conmigo.

—Sí —dijo con contundencia. ¿Qué otra cosa podía responder una reina de 17 años cuyos labios acababan de conocer la adicción de los besos enamorados?

—Prométemelo.

—¿Por qué es tan importante que te lo prometa?

—Porque eres hembra de palabra.

—Te lo prometo.

Moisés tenía razón: ni por todo el oro de los galeones naufragados en las costas veracruzanas habría faltado a su palabra. María Teresa era una mujer de honor y las palabras eran su pasión, ¿cómo podría deshonrarlas?

Moisés también sabía que las palabras son lo único que queda cuando todo lo demás falta. Con ellas había armado una vida falsa para ofrecerle a María Teresa. Con su ausencia había escondido a su esposa y a sus hijas. Con palabras también habría de convencer a los señores Landa y a los de la Secretaría de Guerra. Y tiempo después, con toda esa descomunal confianza que tenía en sí mismo, también llegaría a pensar que las palabras llegarían en su auxilio en la hora final.

Tenía razón en casi todo. El problema es que ese "casi" implicaba la muerte.

El último error de su vida había sido dudar de la palabra de María Teresa, la única mujer que nunca le mintió. Cuando le anunció que regresaría para casarse con él, era cierto; pero también cuando un 25 de agosto le advirtió que, si daba un paso más, iba a matarlo.

7
Reina

Hubo visitas y compromisos y fotos y fotos y fotos. La vida se convirtió en una permanente celebración de María Teresa. La primera Señorita México quien, como niña pequeña, se abalanzó a todas y cada una de las golosinas con que la vida la regalaba.

—Repósate bien que mañana va a estar pesado —le dijo Débora de pasadita, al darle el veloz beso de las buenas noches. Uno muy apresurado porque Rafael Padre ya llevaba un buen cuarto de hora pegando de gritos como adolescente antes de la fiesta. ¿No está limpio el Fedora, mujer? ¡Te dije que...! Ah, sí, éste es el de Rafa Chico, no me fijé. Pero, de todos modos, ¡esta maldita corbata no casa con la camisa!

La noche del 23 de mayo de 1928 la casa Landa era un hervidero de malas palabras y variados insultos contra todos los desarrapados que los habían dejado sin un mísero trapo que ponerse para el fastuoso evento.

De la noche a la mañana, a Rafael Papá se le empezaron a caer los peros de la boca, fueron reemplazados por un orgullo de padre de familia que se le notaba, primero que nada, en la mirada: altiva, confiada, casi porfirista.

Nadie habría podido dormir con aquella refriega de varones buscando el mejor atuendo para asistir al banquete (*Lunch-Champagne* decía la invitación) en el Regis, pero nadie tenía esperanzas de hacerlo. María Teresa sabía que no iba a pegar ojo no sólo por los nervios de los eventos del día siguiente, sino porque las muchachas comprometidas en matrimonio tienen la obligación de dormir muy mal. María Teresa lo había leído cientos de veces, tenía que ser verdad.

El primer compromiso del 24 de mayo tuvo lugar en el estudio fotográfico de Martín Ortiz, quien se encargaría de inmortalizar a la primera Señorita México para la portada del *Jueves*. María Teresa amaneció más ojerosa que de costumbre, pero ni quién fuera a notarlo con esos retoques en la foto de gabinete, es más, ni quién vaya a reconocerme, si parezco encueratriz ya en decadencia, ¿verdad, Minacha? No me digas mentiras.

Tiempo después, el fiscal Corona hablaría de la mano puesta ahí. Una mano casquivana y pecadora que, lejos de llamar al recato, hace que el espectador fije la vista en el turgente seno de la impúdica retratada. Pero aún no llegaba el momento en que la imagen se hiciera pública.

Aquel 24 de mayo de 1928, sesenta mil almas tapizaron las calles por las que pasaría el desfile triunfal de la primera reina de belleza mexicana.

Subida en un Dodge descapotable, María Teresa casi pierde el temple al ver aquel gentío en los alrededores del Hemiciclo a Juárez. Una muchedumbre que no hacía más que aumentar en su trayecto rumbo al Zócalo y de regreso. El apretujamiento de gente era casi insoportable en la calle de Madero, donde los comerciantes vistieron de gala balcones y farolas para homenajear a la reina, quien no sabía si recibir regalos, apretones de mano o saludos a sus pies, señorita, si se casa conmigo, sería capaz de matar, usted con que me dé el nombre, de sus señas yo me avengo. Y María Teresa reía. Reía. Reía. Era la reina. Y, tal vez recordando la reciente instrucción de Ortiz, con una mano saluda y con la otra se recata.

Débora y Minacha tenían los brazos rebosantes de regalos, pero María Teresa se aferró con ganas a la Leica, *la cámara de los tiempos modernos* con la que La Casa de la Fotografía homenajeaba a la reina de los comerciantes de Madero; sólo soltó el agarre para tener listas las manos y recibir el regalo que se aproximaba junto con una antigua conocida que tenía instalado su local en Madero no. 10. Se llamaba Bernice Rush y a María Teresa, adoradora de los sombreros, siempre le había parecido que habrían podido ser buenas amigas. Tenía razón.

—Te incluí el Bernice bermejo que tanto contemplabas por la vidriera —le dijo la sombrerera con un guiño de ojo.

María Teresa sonrío como lo hacía de niña en las mañanas del 6 de enero. Luego la multitud las separó sin que ninguna de las dos pudiera sospechar que un año después tendrían larguísimas horas para platicar a solas en la celda de la Cárcel de Belén que iban a compartir en ese estado catatónico que significaba ser dos asesinas en espera de que su destino se decida.

Pero aquello ocurriría más adelante.

Ese día florido de mayo era tal el gentío que la planeación se salió de madre. En *Excélsior* habían calculado que, después del agasajo de Madero, la muchedumbre se iba a desbandar para irse buenamente a tomar el almuerzo en casa. No fue así. El cortejo siguió a la reina de regreso hasta las instalaciones del periódico para sorpresa de todos los Landa, que ahí esperaban para después partir juntos al banquete del Regis.

—¡Pero si están ahí bien amachados! ¿Cómo vamos a salir sin que se traguen viva a mi muchacha? —dijo Rafael Papá con un dejo de orgullo disfrazado de queja.

María Teresa se quitó el abrigo, se recompuso el maquillaje y le puso solución al asunto: salió al balcón a saludar a sus súbditos.

—Así se estila en la realeza, ¿a poco no? —rio ella misma su propia ocurrencia.

Hay que tener 17 años para contar con ese temple. Hay que haber nacido para reina.

Finalmente, después de ser bendecidos por la más bella de las mexicanas (según los expertos habían dictaminado), la gente se desperdigó y pudo celebrarse el banquete en el Regis.

Dicen los diarios que la reina y su corte bailaron, brindaron, fueron felices y se embriagaron de sí mismas. El gusto les duró hasta las cinco de la tarde y nadie notó los tres bailes y cuatrocientas miraditas que María Teresa le dedicó al misterioso moreno que los periodistas pensaron que era de la familia y los familiares creyeron *chupatintas*.

Para las siete que por fin la familia regresó a Correo Mayor, nadie daba muestras de cansancio. ¿Cómo cansarse con tantísimo regalo que para todos iba a alcanzar? En la sala y el comedor se amontonaban sombreros, guantes, zapatos, el abrigo negro con el que tantas veces sería fotografiada durante su estancia en la cárcel y en el juicio.

—¡Ni se me ocurrió pensarlo! Ya no tenemos que gastar en abrigo y ahora que sí teníamos con qué comprar uno nuevo —bailaba Débora de contento haciéndolo danzar sobre sus manos mientras recorría el camino hasta los hombros de Teresita, su niña guapa a la que siempre habría querido vestir con lazos y oropeles.

—Dinero llama a dinero —remataba Rafael mientras le sacaba brillo a la Brunswick con la que La Casa del Radio había adornado la sala de la familia Landa.

—Te voy a comprar un abrigo más bonito que éste, mamá, y zapatos. Y un rebozo de bolita para que no te me enfríes en la mañana. Yo no sé por qué no te gustan las batas. Te voy a comprar una de todos modos, te voy a comprar la tienda entera porque soy rica —Teresa bailaba, reía. Reía y reía.

El mundo era de su propiedad.

Bailes, fotos, *soireés*, hombres y hombres que se retorcían los bigotes antes de hacerle la enésima proposición del día.

La vida, como todas las vidas felices, pasaba en un suspiro.

Entonces Moisés empezó a temer a pesar de la promesa.

Las escapadas de novios clandestinos ya no le parecían suficientes, pero tampoco quería exponerse a que los Landa se pusieran a investigar demasiado en su misterioso pasado de hombre moreno venido de lejos, militar de provincia y (aún) sin credenciales. Maldito Comité.

—¿Y cómo le hago si no quieres ir a mi casa a presentarte formalmente? —Teresa estaba empezando a cansarse de la situación, incluso a una rebelde enamorada como ella termina por aburrirle el juego del gato y el ratón—. Tampoco son tan irracionales para no aceptar que estoy enamorada de un hombre mayor, sí, pero con deseos de sentar cabeza. Un general, por si fuera poco.

Qué ganas de decirle al maldito Comité de la Secretaría de Guerra que se fuera a meter sus esperas en el fundillo, Moisés necesitaba su reconocimiento oficial en ese momento, no cuando le salieran canas hasta en las narices. Pero tampoco era cosa de decirle a Teye que a su general le faltaba un *casi*. Había que seguir con el juego de las palabras y los silencios.

—¿No me dijiste que desprecian a los militares? Cuantimás a los que siempre estuvimos a favor de cambiar las instituciones caducas. Ya me informaron en la pensión, parece que tu señor padre y hasta tu hermano son porfiristas.

—Puros sueños guajiros y habladas de mi papá, Moisés. Ya ni Díaz era porfirista cuando se largó, sólo de pensar en los Campos Elíseos le quita la afición a cualquiera. ¿Quién va a querer ser presidente de un país que nunca llegaría a ser el París que el exilio le regaló?

—No sabes, Teye, pero yo…

—Exacto, no sé. La política es una pérdida de ese tiempo que más a gusto estaría pasando contigo. ¿No ves que en dos días me voy a Galveston? Tenemos que aprovechar cada ratito.

—Ésa es otra… ¿y si ganas?

—Seguro eligen a la gringa. Siempre ganan ellas.

—De todos modos, ya me informé y dicen que a todas las muchachas que vayan las quieren para artistas de cine. ¿Y si me dejas para quedarte allá? ¿Y si no te vuelvo a ver más que en el cine ese que tanto te gusta y seguro está lleno de pervertidos que te van a ofrecer el cielo, las estrellas, casa con jardín y muchos diamantes?

—Estás celoso.

—No te lo voy a negar.

—Tú eres el único hombre que me importa.

—Pero no te puedo dar la vida de reina que allá te van a ofrecer, como que me llamo Moisés Vidal y Corro.

—La única vida que quiero es contigo.

—¿Cómo lo sabes?

—Tengo palabra y ya te la di. Además, ¿en qué crees que malgasto mis noches en vez de dormir? ¡En imaginarme la vida entera a tu lado! ¿Tú no?

—Los militares tenemos prohibido imaginar.

—Pues te voy a quitar el veto a punta de besos. Dame bien tu domicilio y cómo llegar, ya estoy harta de andar a las puras correderas. ¿No dicen que soy la reina? Pues lanzo el decreto de que aquí se acabaron las manitas sudadas.

El 26 de mayo, dos días antes de que su tren partiera con rumbo a Galveston, María Teresa llegó en el automóvil más vistoso que la calle de República de Chile hubiera transitado. Coches lujosos habían pasado por ahí en cantidad, pero ningún descapotable que llevara los letreros de "Señorita México" en un lado y "Jueves de Excélsior" en el otro.

Después de cumplir con los compromisos del día, Teresa y Minacha convencieron a la Acompañante Oficial que el *Excélsior* les había adjudicado, de llevarlas a visitar a un tío militar que estaba muy malito el pobre.

—Seguro le va a dar un gusto tremendo cuando vea llegar a su sobrina preferida a su lecho de enfermo, ¡y en ese carrazo! —decía la una.

—A lo mejor hasta le viene una mejoría del puro gusto, ya ve que la felicidad pone buenos hasta a los que están más malos —completaba la amiga.

La Acompañante fingió tragarse el cuento del tío, quién sabe si por cubrir las apariencias laborales o porque la felicidad anticipada que se leía en el rostro de María Teresa no podía más que ser causada por un amor. ¿Cómo negarle cosa alguna a esa jovencita con el alma en torbellino? Mucho menos si la petición, aunque falsa, había sido hecha en nombre del reputado amor. No sólo accedió, sino que apresuró los compromisos previos para que, por primera vez, se llevaran a cabo en los tiempos establecidos y sus acompañadas pudieran llegar a las cinco a la calle de Chile, hora en la que, como el resto del día, el sastre Ramírez y su mujer estaban pegados a la ventana, contemplando el paso de la vida.

El periodiquerito llegó sin aliento, pero con mucho entusiasmo, a anunciar:

—¡Sí era cierto que don Moisés anda de novio con la Miss México! Ahí viene el carro.

El sastre y su esposa corrieron a la puerta, no era cualquier cosa comprobar alguna de las muchas habladas de Moisés, que llevaba semanas con la cantaleta de su novia la *miss*.

En su cuarto, Moisés saltó como presa de un espasmo cuando oyó el anuncio. Justo acababa de ponerse la loción que guardaba para las grandes ocasiones y con la novedad de que éstas eran cada vez más frecuentes, aunque siempre las mismas: ver a Teye. Tenía que empezar a economizar para poder comprarse otra.

Jaime venía apenas en la esquina cuando vio la algarabía de metiches y maledicentes frente a la pensión, pero a diferencia de los demás, él se quedó a unos metros e incluso escondió el cuerpo y se ruborizó sin motivo, como si fuera un niño a punto de abrir el regalo del que le han hablado por meses. Pero si el regalo no era para él, ¿en qué estaba pensando?

Eva, que practicaba sus gorgoritos de tiple asomada a la ventana abierta de su cuarto, corrió las cortinas para no dejarse ver, pero con los ojos asomados por una orilla, para que la gasa no le impidiera seguir cada detalle.

En la calle, fingiendo que no se daba cuenta o no le importaba tener encima tantas miradas, Teresa aventó al asiento trasero el estorboso abrigo que le habían pedido exhibir en todos los eventos donde hubiera prensa, aunque hiciera un calor de los avernos. Pero ahí no había cámaras y ella quería lucir el atuendo que había escogido con esmero esa mañana, pensando muy bien cuál era el vestido que mejor le sentaría porque esa tarde no sería sólo ella, sería también la mujer de un hombre de mundo, de su general.

Llevaba medias negras de red y un sombrerito de raso morado. El vestido no era nuevo, pero era el que más se ajustaba a sus formas de mujer, nada de parecer una dulce mozuela ante las miradas de las bataclanas que, sin duda, de todos modos la iban a criticar. Estaba despampanante y esa impresión no era causada sólo por el vestido y los accesorios, sino por el porte de María Teresa. Una reina.

Luciendo su embrujo, le dio la vuelta completa al coche; para la Acompañante puso cara de mala circunstancia, como correspondía a una sobrina preocupada por la salud de los enfermos que visita, pero a Minacha le guiñó un ojo para recordarle el trato de irse a comprar alguna chuchería por ahí cerca y regresar por ella dos horas más tarde. El coche se fue y antes de que María Teresa pudiera preguntar nada, Moisés y su sonrisa de amo aparecieron en la puerta para darle todas las respuestas. Tenían 120 largos minutos por delante.

—Una furcia en toda regla —alguien dijo desde detrás de una ventana o al otro lado de la banqueta o quién sabe dónde, pero alguien lo dijo.

Esa visita convencería a varios testigos de cargo mucho antes de que el fiscal Corona enviara los citatorios para el juicio. Sus pasos en la calle de Chile, más que la amistad con el muerto, serían los que predispusieran en contra de María Teresa a los cuatro habitantes de la pensión que, meses más tarde, saldrían juntos de ese edificio con rumbo al Palacio Real de la Cárcel de Belén para atestiguar en contra de la Viuda Negra.

En realidad sólo a tres, porque el niño periodiquero, igual que Jaime, no tuvo más predisposición que para adorarla.

María Teresa ni siquiera preguntó por qué Moisés no la había dejado hablar con ninguno de los vecinos del edificio. No se fijó en la austeridad de la habitación ni en la ropa hecha un montón sobre una silla. No se dio cuenta de nada porque el amor no es ciego, pero sí enceguece.

—Vine a quitarte todos los celos de una buena vez y para toda la vida —dijo de memoria y porque llevaba horas buscando la mejor frase, pero Moisés notó claramente la falta de seguridad en la voz. La deseó un poquito más, si aquello hubiera sido posible.

La seguridad que Teresa mostró en la calle se derrumbó en cuanto llegaron al primer rellano y, sin proponérselo, sus pasos dudaron. Moisés sonrío y le sujetó la mano con más fuerza, absorbiendo el sudor de nervios que notó desde el primer contacto.

—¿Todo bien? —preguntó al sentirla trastabillar.

—Sí, sí, es que está muy oscuro —se disculpó Teresa, para que no se notara su miedo de primeriza.

—Yo te cuido. Mi Teye nunca tendrá nada que temer estando conmigo.

A todos había engañado la falsa seguridad de Teresa, menos a Moisés.

Y, por supuesto, la cuidó. Arrinconó sus propias urgencias para atender el desamparo de su pequeña. Su niña. El regalo que, a sus 37 años, la vida volvía a entregarle en su papel encerado y un lazo de seda conteniendo la virginidad de Teresa, por tantos y por tantas veces anhelada.

Con minucia fue quitándole la ropa, deteniéndose según el temblor de miedo fuera dictando las órdenes. Sus dedos llegaron antes que el resto de su cuerpo y sólo hasta que estuvo seguro de que las defensas habían sido abatidas y el sitio estaba listo para ser tomado, acometió con toda la suavidad de la que fue capaz.

María Teresa no sabía que su cuerpo pudiera tener tantos bordes, tantas orillas que la alejaban del único lugar de donde jamás querría alejarse: el cuerpo de Moisés. Aquella tarde tomó consciencia de cada parte de sí misma: ¿y este brazo?, ¿cómo llegó a ser tan exacto para abarcar por completo su cadera? ¡Ah! Para esto iba a servir la barriga que tanto he odiado, para que sus besos reposaran en un valle antes de pasar a los montes. ¿Esta lengua mía?, ¿de dónde sacó el conocimiento para abrirse paso en territorio desconocido con tanta naturalidad? Oye, general, tengo dos tetas, la izquierda se siente abandonada.

Teresa no pensaba, actuaba. Como cada vez que hizo el amor con Moisés, su mente se retrajo a una isla desierta y lejana donde, al menos por un rato, todo su ser era un puro sentir. En la cama o en el piso, la hamaca o el sillón, incluso en la esquina que quedara más a mano cuando el deseo inaplazable los acometiera, nunca intervino el pensamiento de Teresa. Toda ella se condensaba en un cuerpo que explotaba de sensaciones y convertía en añicos cada reflexión que hiciera el intento por aparecer.

Sí, era amor, pero desde aquella primera tarde Teresa supo que era también algo más. De haber ocurrido en este tiempo, le habría dado el preciso nombre de enculamiento, esa peligrosa adicción al cuerpo de otra persona. ¿Cómo, si no explosiva, iba a ser la reunión de dos dioses extintos a los que ya nadie se encomendaba?

Después del incordio de romper el himen, Teresa olvidó todos los temores y se dedicó al placer, a olvidar que alguna vez se creyó única e indivisible. ¿Cómo podía ser indivisible ese cuerpo que había sido creado sólo para acomodarse en los huecos del de Moisés?

Dos horas después, mientras se vestía, cuando su cabeza ya había aceptado el regreso de la mente, María Teresa pensó que aquello era, al mismo tiempo, más horrible y más hermoso de lo que jamás habría imaginado. No era el peso social lo que la consumía sino algo más antiguo y más visceral: ser de otro, sentirse a la vez ultrajada y bendecida por aquel acto en el que los raciocinios no cabían. Ni las mujeres que hablan griego pueden escabullirse a la impronta que dejan los hombres que han estado en su interior. Sobre todo, no del primero. Haya sido horrible, mediocre o espectacular, el primero queda para siempre.

—Por tu cara, no sé a quién le hizo más bien la visita, si a ti o a tu tío enfermo —sonrió Minacha al decir la frase y con la mirada puesta en la cuarta ventana del segundo piso: un hombre moreno, de nariz afilada y ojeras resbaladizas, sonreía con unos labios perfectamente dibujados, delgados pero carnosos, rojos. Labios de rubí. Se veía infinitamente más guapo que cualquier otro día.

Jaime se fumó doce cigarros en dos horas. Sabía el número exacto porque los cigarros con filtro eran el único lujo que podía darse siendo un estudiante empobrecido por las fiestas y sin inclinación alguna hacia las leyes que se afanaban en enseñarle en la Facultad, a la que asistía de vez en cuando. Pero incluso ese lujo tenía que ser acotado, sobre todo a finales de mes. Aquellas dos horas de ansiedad le iban a salir muy caras, pensó mientras acomodaba el filtro en la fila que solía hacer para no perder la cuenta de los siete diarios que se tenía asignados, si quería fumar más, tendrían que ser de gorra. Hasta esa costumbre le hizo abandonar María Teresa, una mujer a la que no conocía pero que le quitaba el sueño.

Otro de los hábitos que perdió fue el de fingir una camaradería que no sentía por Moisés. Ese hombre estaba muy lejos de todo lo que a él le resultaba noble o bueno, incluso simpático. Desde pequeño, Jaime supo que su sobrevivencia siempre dependería de otros varones, sobre todo de los más fuertes, los que pudieran darle pase de acceso al interior de la manada. Moisés era de ésos.

Jaime se acostumbró a no juzgar, a no contradecir, a reír por estupideces vulgares, por lo que le resultó muy sencillo fingir complicidad, e incluso admiración, cuando las primeras confesiones de Vidal empezaron a multiplicarse de madrugada en madrugada, de borrachera en borrachera. No todo le creía, sabía que la cháchara de ebrios estaba hecha, principalmente, de mentiras que todos tenían la obligación de creer, a cambio de ser creídos cuando les llegara el turno de contar sus propias falsas aventuras. ¿Cómo iba a ser posible que una jovencita de buena familia, leída e inteligente, como se apreciaba en las entrevistas que fue siguiendo con avidez en el *Excélsior*, pudiera perder la cabeza por un tipo echador, macho y vocinglero? Podría aducir razones de amor, como hacía Moisés, pero a Jaime no se le daba la gana abaratar ese sentimiento por algo que, a todas luces, era simple despropósito, ¿de qué otra manera podía explicarse que Teresa no se hubiera dado cuenta de que Vidal tenía otra familia, otro pasado a saber qué tan sucio? ¿No la habían prevenido en su casa?

—Se le va a caer el teatrito, general —le dijo cuando entró a la habitación de Vidal y éste aún no terminaba de decidirse a moverse de la ventana, desde donde había visto alejarse el coche que transportaba a su Teye.

—¿Un cigarrito, mi amigo? ¿Cuál teatro? Este amor es lo más verdadero que me ha pasado en la vida.

—Le vas a joder la vida a esa criatura, Vidal —replicó Jaime negando el ofrecimiento de la cajetilla—. No se lo merece. Nadie, pero ella menos.

—¿Verdad que es una diosa? ¿La vio? No la vea mucho porque, en unos poquitos meses, va a ser mi esposa —respondió con toda certeza y mayor buen humor.

—¡Carajo, Vidal! ¿Sigues con esa pendejada? ¡Ya estás casado! Si yo mismo te acompañé a ponerles la mensualidad a tus hijas hace ocho días.

—Y así seguirá siendo. Una cosa no tiene qué ver con la otra. A mis hijas y a su madre que nada les falte, pero yo necesito estar con Teye de maitines a vísperas. Esta lumbre que me sale del cuerpo y no me deja ni respirar, no tiene pa'trás. Yo sin ella me mato, Jaime. Me mato.

Jaime no comprendía. Nunca comprendió las argumentaciones sin argumento de Vidal, ni siquiera cuando, más de un año después, estuviera entre los muchos curiosos que se arremolinaron al fondo de la sala de interrogatorios, o en el pasillo detrás de la puerta, para poder pescar un vistazo o una frase de la primera declaración de la autoviuda.

Jaime abandonó la pensión al día siguiente para tratar de quitarse de encima no sólo el sentimiento que María Teresa le despertaba, sino por no caer en la tentación de prevenirla. En ambos casos falló.

8

Robo

Unas horas después de que el resto de las concursantes partieran en barco hacia Galveston desde Veracruz, el 28 de mayo de 1928, María Teresa y su madre tomarían el tren que las llevaría a la final de Miss Universo. Mismo destino, diferente trayecto.

Estaban programadas varias paradas a lo largo del camino para que la reina no dejara sin el regalo de su presencia al centro y norte del país. Iba a ser un viaje de ensueño. Bien rociado con política electoral, todo hay que decirlo. ¿Qué mejor campaña presidencial que cuadrar las paradas del tren de la primera Señorita México con algún evento casual patrocinado por el candidato Álvaro Obregón? Total, ni quién vaya a fijarse en que es la única *miss* que llegará por tierra en vez de por mar. Hasta le evitamos el semblante verde por el mareo.

—Entonces, ¿ya mañana me dejan empacar? Ni siquiera he podido abrir el juego de maletas que me regalaron.

—Claro, claro. Pero si no es mucha molestia, ¿nos concedes un eventito antes? —el *Excélsior*, como el resto de los periódicos en el mundo, tenía una definida línea política a seguir. Ellos la llamaban *modernidad*, pero a saber de qué se trataba, sólo podemos estar seguros de que traía los sellos oficiales del Partido.

—Pues ni modo de negarme, ustedes pagan. Pero ¿no estará muy apretado?

—Si te digo a quién vas a conocer, hasta le echas un segundo piso al día con tal de ir.

—¿A Errol Flynn?

—Mejor. A Emilio Carranza. Nuestro Lindbergh. El máximo representante de la *modernidad* mexicana.

A Teresa le brillaron los ojos, los dientes, la piel entera. Por supuesto, se carcajeó del puro gusto. Emilio Carranza era un héroe y no cualquiera, uno con alas. Otro moreno misterioso, llegado de todavía más lejos que Moisés.

Emilio Carranza tenía el rostro surcado por las cicatrices que le quedaron después de la reconstrucción a la que tuvo que someterse tras un accidente aéreo. El mapa de sus hazañas lo traía dibujado en la cara. Un mapa que era el triunfo del hombre sobre los designios divinos: el destino lo había dejado desfigurado, pero la ciencia había obrado el milagro en contrario. ¿Qué mejor publicidad para un país que bregaba con sus ciudadanos en la lucha por separar a la Iglesia del poder? Carranza era un símbolo del gobierno anticlerical y, claro, de la expropiación de sus bienes.

Nuestro capitán Carranza comenzaba a igualar las proezas celestes de Lindbergh y su Espíritu de San Luis, por lo que muchísima gente, sobre todo políticos, habrían sido capaces de picarle los ojos al de al lado por ser los primeros en darle su apoyo, ahora que si de dinero hablamos… mejor hacemos una colecta porque la guerra nos dejó las arcas muy disminuidas.

El *Excélsior* era el principal promotor de la nueva epopeya de nuestro héroe alado, quien se proponía realizar un vuelo sin escalas desde la Ciudad de México hasta Washington, donde repostaría para luego regresar del mismo modo y completar la hazaña en un monomotor de orgullosa fabricación mexicana y nombrado Quetzalcóatl por la oficialidad, pero apodado el Tololoche por su único y verdadero amo: Carranza. ¡Todo el patriotismo reunido en un solo hombre, caray!

Para despedirlo y reunir fondos que lo ayudaran a sobrellevar los gastos técnicos de la proeza, se dieron cita plebe y alta sociedad en los jardines de la Alberca Esther. Ya ver de cerca o tomarse una foto con Carranza habría sido suficiente, pero el director de *Jueves* le vio posibilidades al evento y lo convirtió en la cereza del mayor de los pasteles de su semanario: juntar a la Reina de Pulcritud y Belleza con el héroe nacional.

—¿Y si le echamos más candela? Que vengan todas las *misses*, total, tienen que acercarse a Veracruz para embarcarse a Galveston —habría dicho algún acomedido que no vio el predicamento en el que estaba metiendo a las encargadas de las agendas.

Pues total.

A las que no sé si invitaron es a las cinco mujeres que unos días antes acababan de solicitar su ingreso a la Asociación Mexicana de Aeronáutica. Aquellas cinco más tarde se convertirían en las primeras aviadoras mexicanas, unas pioneras del aire, con conocimientos técnicos para enfrentarse a los vendavales del aire y temple para capotear a los de la maledicencia.

—Han de tener muchos tanates, patrón. Se me hace que han de estar más feas que mis primas las bigotonas, yo creo que no van a salir bien en los retratos —habrá dicho algún idiota en el *Excélsior* y su más idiota jefe le creyó, seguramente pensando que las únicas mujeres que volaban eran las brujas y ese país moderno y posrevolucionario no podía darse el lujo de creer en otra cosa más que en el progreso. Las brujas huelen a fuego y la modernidad procura alejarse de las hogueras.

Mal hecho. Un año después, las cinco aspirantes posaban para la foto de generación, minutos antes de comenzar sus horas de vuelo reglamentarias.

A las brujas no hay modernidad que se les resista.

Las aeronautas no salen en las fotos del evento con Carranza. Las que sí aparecen son María Teresa y todas las finalistas, además de un buen número de *misses* latinoamericanas que hacían escala en la ciudad antes de partir en comitiva al concurso mundial. Esa misma noche se embarcarían todas juntas, en bullanguera camaradería, para luego enfrentarse las unas a las otras en sus afanes de ser elegidas por el espejo de la madrastra de Blancanieves.

—Esos cabrones te traen como mono de cilindro, mija. ¡Te quieren exhibir como la mujer serpiente de las ferias! Y todo por unos trapos y unos pesos —se quejaba Rafael Papá.

—Muchos pesos, papá. Y una Brunswick —respondió María Teresa con jiribilla, aunque luego soltó una risita más bien boba para
hacerse perdonar—. Además, mi mamá anda bien volada con el viaje
en tren... ¡y yo más! ¿Cuándo habíamos viajado juntas? —en eso
no mentía. Habían pasado de todo ellas dos, pero un viaje en tren,
como dos amigas que se cuentan cuentos arrulladas por el vaivén de
una locomotora, jamás.

Con eso, Rafael Padre terminó de convencerse. No era hombre
de ternuras, pero el amor que sentía por su esposa pasó por todas las
pruebas imaginables, desde el derrumbamiento social hasta el escarnio de haber criado juntos a una asesina.

El 27 de mayo de 1928, la Alberca Esther estaba que reventaba de
donadores, prensa, representantes del gobierno y chismosos. Nadie
iba a reparar en Moisés, quien tuvo que repartir codazos y generosas
propinas a cambio de ver por sí mismo a su rival. El único que sí era
de peligro.

Alto, moreno, venido de las tierras lejanas del norte del país, edu-
cado, jovencísimo y feo. Tenía todo lo que el hombre moderno y
posrevolucionario debía tener y, además, se encontraba libre del estigma de revoltoso hambreado con el que buena parte de la antigua
alta sociedad marcaba a los militares. Y ahí estaba, posando a la risa
y risa con Teresa bien apergollada del brazo. ¿Qué chingados le se-
creteaba tanto? ¿Y ella de qué se reía?

—Dicen que la *miss* cubana anoche decidió que ya mejor no iba
a Galveston ni a ningún lado, que mejor se le quería colgar de llavero
al capitán Carranza. Es que está tan guapo.

—Serán los galones, tú, porque guapo no es. ¿No le ves la cara
como esculpida a hachazos?

—Por eso, está como para curarle a besos todas las cicatrices.

Las orejas de Moisés se agrandaban aún más para no perder detalle de las conversaciones. Sus ojos saltaban otros milímetros para cap-
tar cada movimiento de Teresa. Las aletas de su nariz se inflamaban

por los resoplidos de odio que soltaba dos veces por minuto al notar miradas de deseo en el maldito capitán. *Ay, ay, ay, mi querido capitán.* Pinche Eva, no tenía que haberle contado nada, ya me trae jodido con su maldita cantaleta a mañana, tarde y noche, se recriminaba Moisés en ese momento, pero unas tardes antes, le había reído la ocurrencia a la tiple, ¿cómo no hacerlo si gracias a las risas había conquistado el perdón de Eva y del resto de las bataclanas que habitaban República de Chile no. 4?

Entonces tomó la decisión.

Ya no esperaría a recibir su designación oficial como general. Ya no esperaría nada. Se estaba quedando sin tiempo.

Esa noche, la reina entró sin zapatos a su casa porque a media escalera tuvo que quitárselos, ya le reventaban los pies de estar todo el día corriendo de un lugar a otro; o parada, de un abrazo al otro, de una sonrisa a una foto. La última, Tere, sólo quedan como diez más, le decía el Gordo Melhado entre risa y risa. Por lo menos le pasaba caramelos de contrabando.

—Se me hace que me das estos chiclosos para entretenerme la quijada y que no se me queden pegados los dientes de tanto pelarlos.

—Ay, Teresita, me ofende la duda. Yo lo único que quiero es consentirte.

—Para que no te arruine las fotos, Gordo. Te tengo calado.

A pesar de todo, Teresa nunca dejó de reír. El cansancio no parecía hacerle mella y no se debía tanto a su resistencia sino a las breves ojeadas que pudo echarle a Moisés. Adusto y guapísimo entre la multitud.

Por la tarde noche, cuando María Teresa entró a su casa, Débora ya había caído rendida sobre las pieles de tigre del sillón sin tener fuerzas ni para descalzarse, menos para comentar la jornada. María Teresa seguía sobándose los pies cuando oyó el silbido.

Desde la esquina, debajo de *su* farola, Moisés soplaba las notas de "Estrellita".

—Mamacita, vete a cambiar en lo que voy corriendo por unas conchas aquí a la esquina, nos las comemos en lo que terminamos las maletas.

—Ya están listas. No tengo hambre. Tengo sueño.

—Pero al rato te va dar, no me tardo —avisó Teresa y salió de prisa para que Débora no pudiera replicarle nada, precaución innecesaria, la señora De Landa ya soñaba con molcajetes eléctricos para cuando su hija llegó al pasillo. Antes de abrir el portón de la calle, se pasó los dedos por las ojeras para quitar cualquier rastro de rímel corrido, que Moisés no la viera hecha una birria sudorosa y cansada. Maldito abrigo.

—¡Mi general, mi vida, mi estrella de la suerte! Desde temprano vi que… —Moisés no la dejó terminar la frase, la besó con uno de esos besos que los censores habrían quitado de cualquier película.

—De haber sabido que así me recibirías, me habría aventado directamente por el balcón para no perder tiempo en bajar las escaleras —le dijo cuando recobró el aliento—. ¿Viniste a despedirte? Pensé que ya no te iba a ver hasta después del viaje.

—No vine a despedirme sino a robarte.

No se la robó porque, al no estar en la cama, el pensamiento racional de Teresa sí pudo acudir en su ayuda. No se la robó, pero esa noche le entregó un anillo comprado a plazos y para cuyo enganche tuvo que empeñar sus mancuernillas y un reloj, lo único que le quedaba de valor. No se la robó ese día.

Eso sería después.

Para una mujer como María Teresa, la promesa habría bastado, pero para un hombre como Moisés, hacía falta la prueba física del cordón con el que la ataba.

Ya no iría a Galveston siendo la que había sido, ahora tenía dueño.

Los trenes deberían ser un derecho de la humanidad. Toda la gente tendría que poder tener en la memoria al menos algún recuerdo

100

pasado por vías y durmientes, atrancado en una estación sin nombre o arrullado por el vaivén de los buenos sueños; incluso la amarga memoria de que, para mal o para peor, aquello terminará con algún frenazo en un cruce de fronteras.

Siempre que Teresa se subía a un tren, su imaginación se adelantaba para tenderle caminos que la llevaban a donde no era ella, sino una heroína de novela mirando el paisaje por la ventana, mientras toma la decisión más trascendental de su vida. Esa vez fue distinto porque la decisión ya la había tomado y los paisajes que veía pasar no eran nada porque Moisés no estaba en ellos.

Tiempo después apenas recordaría el cansancio de los días y el arrullo de las noches. Débora le hablaría de las anécdotas y los placeres vividos, ella sería el álbum de fotos que nadie reunió. Para María Teresa, aquello fue una simple espera antes de alcanzar la única vida que quería: la que empezaría a vivir al lado de Moisés.

Llegaron a Galveston muy de mañana y, a partir de ese momento, todo fue un exacerbado caos de los sentidos que, por momentos, hasta la distraían de sus verdaderos pensamientos.

En la noche de la final, la gente hablaba de posibilidades, hacía listas de los gestos y ademanes de los jueces que podían delatar sus inclinaciones, enumeraban puntadas sueltas y tacones rotos haciendo cálculos mentales. Ése seguro vota por la argentina. La francesa traía chueca la raya de la media, seguro le restan puntos. Débora repasaba, anotaba, no perdía detalle. Como si sus operaciones aritméticas pudieran modificar de algún modo la votación de los jueces.

No sería la única vez que Débora se hiciera sangre en los dedos a punta de mordidas, sólo que la segunda vez, de la determinación de aquel otro jurado, no dependería una corona de reina, sino una condena para la asesina.

Lo cual todavía estaba lejos de ocurrir.

Aquella noche estaba en juego la universalidad de la belleza arrolladora de María Teresa a quien, por su parte, le importaba un pimiento ganar o no el concurso. Ella se acariciaba el dedo sin anillo. Ahí radicaba su victoria, aunque la joya estuviera a buen resguardo entre sus pechos, donde hizo el viaje de polizón para que Débora no la descubriera.

Aun antes de la final, llovían ofertas y contraofertas de los grandes peces del cine.

—Cuatro años de contrato y casa pagada en Los Ángeles.

—Clases de actuación. Dos películas en secundario y, te lo firmo, a la tercera te doy el protagónico.

—Me quedan pocos años. Si te casas conmigo, en diez te conviertes en viuda millonaria.

Las ofertas llegaban por docenas y de todas se reía María Teresa.

—Gracias, pero no, ¿mejor una foto? Ya traigo aquí unas firmadas.

Nada aceptó, nada ganó tampoco.

Aunque la prensa gringa la declaró triunfadora sin corona, María Teresa perdió en la final contra una güerota cuyo nombre ya olvidamos.

"¡Le robaron el triunfo a la Señorita México!", se leyó en los encabezados del día siguiente y no sólo en los mexicanos, sino en varios texanos, californianos e incluso algunos de alcance internacional.

Débora no podía creer que la noticia de la derrota hubiera dejado a su hija sin reacción alguna. "Caray", dijo la muchacha, pero hasta eso sonó falso. Débora se lo atribuyó a la buena educación que le habían dado, a la hermosa familia que habían construido a su alrededor y la cual bastaba para atarla a sus raíces. Mi hija es pura mexicana, pensaba la buena mujer.

Pero no le duró mucho el pensamiento porque en cuanto regresaron a casa, algo distinto encontró en María Teresa.

—¿Qué traes, pues?

—Que fui, vi y me derrotaron —suspiraba María Teresa con verdad, por más que la tristeza de la derrota fuera falsa.

—¡Pamplinas! ¡Eso fue un robo en toda regla! Toda la prensa norteamericana te declaró reina sin corona.

—Nomás que los dólares se los dieron a otra.

Ahí no quedaba mucho que contraargumentar.

Sólo Débora sospechaba que aquella inquietud de espíritu de María Teresa podía deberse a algo más, pero con el mal tino de que el día que se animó a confrontarla, los titulares de la prensa amanecieron de luto y con ellos, una buena parte de la sociedad mexicana.

El 12 de julio de 1928, después de completar con éxito el viaje de ida, el Tololoche se estrelló a causa del mal tiempo. Iba sobrecargado con el combustible con el que intentaría el vuelo de regreso desde Washington. El monomotor explotó.

El Ícaro Carranza también se quemó las alas.

La modernidad había llegado tan de golpe que empezaba a dar muestra de combustión espontánea. O a lo mejor nunca había llegado y las alas del desarrollo también eran de cera.

Los periódicos y la nación entera lloraron al héroe caído, pero también, desde luego, los folletines y el teatro de variedades dieron cuenta de que ni Carranza podía tener las alas tan angelicales como todos pensaron: estaba casado cuando le habló de amores a la *miss* cubana (y a quién sabe cuántas más). Quién sabe si por vanidad o por instrucción marcial de sus superiores, pero su matrimonio había sido secreto.

—Tan cabrón como todos —concluyó Minacha al enterarse.

—¿Y si la cabrona era ella, la esposa? —dijo María Teresa y Minacha, que hubiera podido tirar de ese hilo, no tiró, atribuyó la frase a alguno de esos pensamientos vagabundos con los que a menudo se enredaba el feminismo de su amiga.

María Teresa sintió la muerte de Carranza como la de un igual. Sin acertar a darse explicaciones a sí misma, lloró su final. ¿Presentía algo? ¿Aquella muerte la hacía sospechar que mientras más lejos suba la vanagloria, con más fuerza explotará? ¿Que después de tocar el cielo no queda otra más que caer?

—Yo qué sé, Moisés. Lloro porque lloro. Porque el capitán se murió y tú no quieres presentarte en mi casa. ¿A ti qué más te dan las razones de esta chilladera sin tregua? Ni me preguntes porque no sé.

Moisés se quedaba sin argumentos ni ánimos para seguir las frecuentes discusiones, toda la energía se le agotaba en las largas antesalas de la Secretaría de Guerra. Un mes llevaba apersonándose de lunes a sábado. Si no es por méritos, por hartazgo, pero a mí la Revolución me ha de hacer justicia o empiezo a soltar plomazos. Decía Moisés. O más bien pensaba, porque desde la partida de Jaime no tenía con quién mentar madres. Pinches viejas, remataba en voz alta, sin destinatario ni motivo, sólo porque era lo que estaba acostumbrado a decir.

A la tristeza de la muerte del héroe se le fueron sumando otros sobresaltos sociales. A inicios de julio, Álvaro Obregón fue reelegido como presidente y poco después, el 17 de julio de 1928, fue asesinado.

El sosiego de Débora se desbarrancó y de sentir una ligera alarma por el estado anímico de su hija, pasó a sentir un profundo terror de vivir. La experiencia le indicaba que la gente sería la única que iba a pagar el precio de esas balas magnicidas.

—¿Y si vuelve a empezar la revoltura, viejo? —le preguntó a Rafael Padre con la única intención que éste le arrancara el temor, aunque fuera con mentiras.

—¡Que no, mujer! De todos modos, mañana les pago un extra a los muchachos para que después del reparto te traigan todo lo que te haga falta de La Merced. ¿Cuántos costales puedes acomodar en la despensa, así, apretaditos? —respondió Rafael Padre con una media verdad que no consoló en lo absoluto a su esposa.

María Teresa siguió con avidez, en los periódicos y en el radio, el juicio de León Toral y de la madre Conchita. Sin presentimientos ni augurios. Por el contrario, el chisme nacional la hacía olvidarse de los aplazamientos de su amor secreto. Le gustaban sobre todo las crónicas que Querido Moheno escribía para el *Excélsior* y que, al tercer día, desaparecieron por completo. Los caminos de la censura también son inescrutables y, sobre todo, secretos. Ni María Teresa ni el grueso de los lectores de aquel periódico supieron en su momento que publicar a Moheno, un "enemigo del régimen", conduciría primero a un boicot y luego a una serie de acciones legales, con toma de instalaciones incluida, con el que los preclaros —y empistolados— gobernantes quisieron aplacar a los rijosos *chupatintas* que entre sus páginas descargaban sus municiones de frases y papel. De todos modos, la gente bebió información de donde se pudo y María Teresa leyó al vuelo que Toral le vació los seis tiros de su Star calibre 32 a Obregón y de pasada se enteró de que la diferencia entre los revólveres, como el Smith & Wesson de Moisés, y las pistolas, como la de Toral, radica en que las segundas alojan sus seis posibles muertes en un cargador, mientras que los primeros las portan en el cilindro. Supo que un jurado popular había de juzgarlo. Vio sus fotos en la cárcel de Lecumberri, donde León esperaba la decisión final, pero ya sabiendo que lo condenarían a muerte. Lo supo desde que dijo "sí, yo lo maté".

A diferencia de María Teresa, Toral sonríe en las fotos de prisión como sólo puede sonreír alguien que tenga claro que cada instante vivido entre rejas es un instante ganado. Poco tiempo después, iba a morir ante el pelotón de fusilamiento.

—¿En qué piensa un condenado al ver los cañones por donde ya se viene acercando su muerte? —María Teresa le preguntó a Moisés una noche, entre un pleito y otro.

—¿Ves por qué no quiero que leas pendejadas, Teye? No me interesa que no sepas ni hervir un huevo, pero en cuanto nos casemos, se acabaron los periódicos. Nomás te vea yo abriendo un periódico, aunque sea para envolver pescado, vamos a tener una dificultad —respondió Moisés, dejando, por un momento, que se aflojaran las garras con las que tenía atenazada la violencia que llevaba en el cuerpo, pero a la que debía domar si quería ser un hombre civilizado. Al menos de momento.

—Pues entonces ni me preocupo, porque al paso que vamos, vamos a casarnos al mismo tiempo que cumplamos el aniversario de oro de novios —dijo María Teresa jugándole al vivo, sabiendo que, por lo pronto, tenía el percutor en la mano.

Se enteró también de que la madre Conchita, en vez de ser fusilada por nueve cadetitos temerosos, sería enviada a las Islas Marías: la prisión sin muros, pero también sin escape. Sin embargo, algunas personas que habían estado en la isla prisión aseguraban que las calles de ciertas colonias de la Ciudad de México eran infinitamente más peligrosas que la celda de castigos de las Marías. La mayoría de los expresidiarios que había cumplido allá su condena hasta recordaban con nostalgia aquellas noches oyendo el mar.

María Teresa, por si acaso la boda por fin llegaba, leyó y leyó periódicos como si estuviera haciendo acopio de noticias para cuando éstas faltaran. Hasta que por fin llegó el venturoso 15 de agosto.

Ya menguaba la tarde cuando Moisés Vidal y Corro salió de la Secretaría de Guerra convertido en general brigadier reconocido por el glorioso Ejército Mexicano. Esa misma noche silbó "Estrellita" con más ímpetu que nunca.

María Teresa esperó hasta doblar la esquina para enfrentarlo, como cada tercera noche.

—Mira, Moisés, si no quieres casarte… —pero el general no la dejó terminar.

—El otoño es la mejor estación, ¿verdad, mi Teye? Hasta esta jodida ciudad se siente más limpia, más amplia. Más fresca. ¿Cuándo empieza el otoño?

—Tú ya no estás en tus cabales, Moisés.

—¿Cuándo empieza?

—El 22 de septiembre.

—Pues ese mero día nos casamos —volvió a mentir Moisés. Se casaron hasta el 24.

Pero, en realidad, no se casaron nunca.

9

Venus y Marte

T odo empezó a cambiar. Los arrebatos pasionales de Moisés se hicieron cada vez más frecuentes y las horas pasadas frente al balcón, más largas.

—Tú dices que es amor, pero a mí se me figura como esos perros a los que se les traba la mandíbula cuando muerden las asentaderas del Sereno —la alertaba Minacha.

—Pues que me apriete y no me suelte, pero que esté conmigo las 24 horas del día. Que yo sepa que sus ojos me imaginan detrás del balcón, que no están mirando a otra. Que Moisés haga de mí lo que quiera —respondía María Teresa quien, de desconocer los celos, pasó a convertirse en una ferviente seguidora del culto.

Empezó a faltar más y más a la escuela a petición de Moisés o por decisión propia. Tomaron tranvías y cafés en los lugares más lejanos. Se inflamaron de una necesidad de estar juntos que sólo la muerte podía reventar. No tenían ojos más que para el objeto de su amor, de haber sido de otra manera habrían notado que Moisés no era el único a quien sorprendía el amanecer con la mirada fija en los balcones del número 119 de Correo Mayor. También estaba Jaime.

Jaime supo a principios de septiembre que, si no actuaba en ese momento, se quedaría sin oportunidades. Las primeras semanas después de abandonar la pensión, se juraba a sí mismo que iría sin dilación a buscar a María Teresa para alertarla, pero nunca pudo encontrarla a solas. Siempre Moisés como lapa. Luego la vida le pasó por encima y ultimadamente, a mí qué pitos se me perdieron entre los labios inalcanzables de esa mujer. Total, ni que fuera la primera que me hubiera robado el sosiego y sin haber cruzado palabra con ella.

Fue la casualidad lo que lo llevó a perseguir al perseguidor.

Una noche en la zarzuela oyó que, desde la luneta, alguien pegaba de gritos llamándolo. Era el sastre Ramírez. ¡Dichosos los ojos!, dijo para comenzar la noche y casi 12 horas después se despidieron con juramentos de volver a salir por unas copitas a más tardar pasado mañana.

Volvieron a verse más de un año después, en el primer día del juicio.

Jaime apenas bebió esa noche, le pasaba sus tragos al sastre en la creencia de que el alcohol le soltaría la lengua, pero ni falta que hacía. Desde los primeros minutos, María Teresa y Moisés fueron su principal tema de conversación.

Que si desde que lo hicieron general ya no se para en la pensión. Se ha de creer que ya es de otra clase social, ¿ya le dije que el periodiquerito lo vio por allá en la Juárez, creo que en la calle de Londres? Pero no sé a qué altura porque yo no soy muy fijado. A saber qué ande buscando en ese barrio de encopetados. Ahora que no nomás por allá se desbalaga, ¿eh? El otro día me dejé convencer por unos camaradas de echarme un pulquito con ellos, por allá, por San Hipólito. ¿No conoce? No se haga, ¿o a usted le quedan chicas las pulcatas? Puede ser, pero las mariposas nocturnas que por allá vuelan le ajustan a todo varón que se respete, son bien democráticas. Qué chingadera ahora que somos de la democracia, ¿no cree, usted, Jaimito? Yo digo que sí, que todos somos iguales, pero tampoco hay que exagerar. Total, que dicen que al general Vidal se le ve mucho por allá, por la Guerrero. Con ese hombre de Dios nunca se sabe qué pensar. Con pensión y con reinita, ya no es el de antes. ¿Ya le dije que no es ni para bajar a echarse una partidita de damas conmigo? Yo no soy de esos argüenderos, le consta, pero es que tanto trabajar no le hace bien al alma, por eso entre puntada y puntada, un esparcimiento se hace menester. ¿A usted no se le ofrece un traje, unas camisas? Le hago precio. Ah, sí, el Moi, ya no le decimos así, oiga, de puro sí, mi general, para arriba. Lo menos, porque luego luego sale con que "General brigadier, aunque gaste más saliva". Curiosa que es la gente. Y usted dirá, a lo mejor es la envidia, pero no, señor, nadie le ha puesto mala cara desde su nombramiento... Bueno, sí, la Eva, que nomás lo mira y se le quiere ir encima a arrancarle los ojos por traidor. Yo no, porque no me gusta el chisme, pero dicen en la pensión que aquellos rumbos se le hacen poca cosa para su reinita. Que si ya le quiere poner casa, a las furcias de postín hay que ponerles casa, oiga. Mejor se la había de buscar en la Guerrero, a donde yo, le repito, no voy seguido, caballero, porque uno es pobre, pero cuida la vida, allá nomás se meten los generalotes recién nombrados. Yo me pregunto, ¿qué andará buscando en aquellos rumbos si tiene carne de primera al alcance de la mano? Pero la verdad es que mucho no le sé decir porque a mí no me gusta meterme en la vida de los demás. Como siempre he dicho, con el culo y con la vida, cada quién hilo papalote.

El sastre Ramírez soltaba la risotada y, con esa arrogancia de los hombres con bigote de lápiz, se imaginaba que Jaime reía con él. Habría podido jurarlo ante testigos y habría cometido perjurio porque el joven estudiante no esbozó la menor de las sonrisas esa noche, porque comprendió que Moisés algo planeaba y, por tanto, el destino de una chiquilla de 17 años estaba a punto de irse al carajo.

Uno de los muchos errores que cometería Jaime sería encarar a Moisés.

Llegó a la pensión de Chile armado con una cajetilla nueva de cigarros Primores, *¿a dónde corre tanta gente? A comprar sus cajetillas de Primores*, los favoritos de Moisés, más media docena de dedos de novia de la Ideal para que la patrona lo dejara pasar al cuarto de su amigo para esperarlo. No se habría gastado ese dineral de su ya disminuida mesada de haber sabido que aquella mujer habría dejado entrar hasta al pelotón de fusilamiento con el que algunos de sus huéspedes tenían pesadillas, y que sin soborno alguno le habría abierto la puerta.

Apenas había fumado tres cigarros cuando llegó y si aquella conversación no terminó en golpes, fue sólo porque Moisés estaba determinado a convertirse en un héroe moderno y los héroes modernos no se agarran a balazos con cualquier civil que, para más INRI, hubiera mandado a la lona con una pura finta, sin necesidad de trancazos.

—Le voy a decir una cosa, Jaime: vaya usted mucho a chingar a su rechingada madre —Moisés terminó de tajo la conversación con esa frase, luego abrió la puerta para que el metiche saliera y una vez lo hizo, volvió a cerrarla.

A Moisés le pareció de lo más elegante aquel gesto, había actuado como un caballero. Tan orgulloso estaba de sí mismo que no quiso romper el encanto cuando descubrió que el mozuelo había olvidado su cajetilla casi nueva, así que optó por lanzársela por la ventana junto con un escupitajo. Acto ya no tan moderno ni civilizado, pero vamos a ver, tampoco es que pudiera completarse de la noche a la mañana la transición de *andar en la bola* a ostentar las dos estrellas de general brigadier.

Esa misma tarde, Moisés abandonó la pensión no porque temiera una nueva visita de Jaime, sino porque de todos modos ya empezaba a hartarse de tener que dar explicaciones a sus habitantes. Además, si algo fallaba y la familia de María Teresa se acercaba hasta allá en busca de informes, siempre les faltaría el más importante: dónde encontrarlo.

Si de algo sirvió la perorata envalentonada de aquel pelele de Jaimito, pensó Moisés, fue para apresurar sus planes y jamás, de ninguna de las maneras, dejar sola a Teye hasta haberla convertido en su mujer por todas las de la ley. Al menos de esa ley a la que él se sentía tan apegado: la propia. Por otro lado, su novia se encontraría liberada de las miradas intrusas de esa ristra de muertos de hambre, remató el general brigadier antes de meter en su maleta un par de pastillas de La Rosa de Guadalupe, *un jabón sin caretas*, que Eva o alguna otra habían dejado tras de sí.

Como nuevo domicilio eligió el Gual, un hotelito de muy poca monta ubicado en Motolinía y 16 de septiembre, muy cerca de la Guerrero, donde tenía su falsa tropa reclutada en prostíbulos, cantinas y pulquerías, que le servirían de refuerzo por si tenía que escapar por la retaguardia.

A partir de ese momento sólo quedaban dos pequeñas complicaciones en la preparación de la boda: la compra de documentos falsos para ambos y encontrar un juez y unos testigos dispuestos a mentir. Estos últimos no le iban a faltar. Como el Juancho, que tiene alma de letrado, bien podría haber sido juez si las circunstancias de la perra vida no lo hubieran conducido a buscar consuelo en el fondo de las tinajas de curado.

El plan de Jaime había salido mal en todos sus aspectos porque no sólo había precipitado la fuga de Moisés hacia paradero desconocido, sino que había echado por tierra sus esperanzas de poder encontrarse a solas con María Teresa. No teniendo otro lugar a donde ir, fue a la casa de Correo Mayor, ya no sabía bien si porque su ética le exigía proteger la moral de la muchacha o tan sólo para contemplarla, aunque fuera de lejos, asomada al balcón y suspirando al ver el progresivo decaimiento de los geranios con que lo adornaba, pero sin la voluntad de echarles un poco de agua.

"Yo regaría las plantas de nuestro balcón, Teresa, regaría hasta las dunas de Samalayuca si hiciera falta", pensó Jaime y sólo lo pensó, porque todavía faltaba mucho para que pudiera dirigirle la palabra por primera vez a la Viuda Negra.

De momento, en septiembre de 1928, a pocos días del equinoccio de otoño, Jaime ya había establecido una estrategia de vigilancia que le permitía saber que Moisés llegaba a las 11 en punto silbando "Estrellita" y a los pocos segundos la ventana se entreabría. Un par de minutos después, María Teresa salía, embozada, de su casa.

Su plan era llegar a las 10:30 silbando "Estrellita". Eligió esa hora porque, pensó, no estaba tan alejada del horario habitual como para despertar sospechas en la novia y porque, después de muchos ensayos frente al espejo, logró resumir en menos de media hora el recuento de las fechorías de los 37 años de vida de Moisés. Quince minutos le bastarían para abrirle los ojos a la Señorita México. Los otros 15 los dedicaría a ofrecerle consuelo.

Jaime, de nueva cuenta, estaba equivocado. Primero por la hora, pero sobre todo, por el cálculo. Ni los meses de encarcelamiento ni las declaraciones de los testigos (incluida la de la Otra Teresa) ni los discursos del defensor y del fiscal le bastaron jamás a María Teresa para convencerse de que Moisés le había mentido.

Faltaba aún para que la revelación le llegara.

La noche del 22 de septiembre entró el equinoccio y el mandato de Venus.

La noche del 22 de septiembre, María Teresa se echó encima un chal ligero y salió a la calle con una jarrita llena de leche después de oír el dulce silbido de su general. Qué se le habrá perdido tan temprano a este hombre, se preguntó. El reloj de péndulo del pasillo respondió con un bamboleo que hizo moverse las manecillas hasta señalar las nueve y diez.

—Voy con la vecina. Sobró leche de la merienda, mejor que le haga un arroz a sus niños a que mañana tengamos que tirarla ya cortada —dicen que dijo.

En la puerta, sin el trámite de esperarla en la farola, Moisés la esperaba.

Estaba borracho.

—Vine a robarte —dicen que así la recibió.

Débora encontró la jarrita tirada en el umbral del edificio una hora después cuando, preocupada por la tardanza de la niña, salió a buscarla.

Tardó en reaccionar unos minutos, aunque ya daba igual. Qué charco más grande. Los niños de la vecina se iban a quedar sin su atole.

Así, contemplando un charquito, la encontró Jaime unos minutos después.

—¿Está bien, señora? ¿Puedo serle de utilidad en algo? —le preguntó a la mujer y, al ver en la réplica envejecida y apagada de los ojos que tanto anhelaba, la sombra de la pena, comprendió que había llegado tarde.

—¿Usted es el que chifla todas las noches a mi Tere? ¿Es el novio? —preguntó Débora, queriendo que le dijera que sí para después deshacerse en explicaciones del tipo: esta muchacha tan cabeza loca que se hace ideas que no son, si tiene usted pinta de ser un caballero, ¿cómo lo íbamos a malmirar? Pásele a la sala en lo que llega, seguro se entretuvo con los chamaquitos de la vecina, es que la adoran, ¿sabe usted?

—N-no… Yo no soy su novio.

—Entonces ya me la robaron, señor —soltó con una vocecita resquebrajada, apenas audible, antes de echarse a llorar.

Durante el juicio, *El Nacional* y *Excélsior* se enfrentaron como esos mismos perros a los que se les traba la quijada y que tan bien parecía conocer Minacha. El nacionalista diario del régimen insistió en repetir la versión que el fiscal Corona dio al jurado: María Teresa sabía que aquel matrimonio era falso y, por lo tanto, fue cómplice. Ella, que leía mucho, cómo podía haber dejado pasar que los documentos legales que Moisés presentó para el matrimonio civil le atribuían a ella una edad que no tenía, 22 años; y a él, una falsa identidad amparada bajo el nombre de su hermano.

Por el otro, *Excélsior* siempre se apegó a la versión del abogado defensor, el Príncipe de la Palabra, el insigne José María Lozano: María Teresa fue una víctima. ¿Qué novia se pone a revisar las letras de unos documentos en el día más jubiloso de su incipiente vida? Moisés le había confesado que, en efecto, había tenido que falsear un acta de nacimiento porque sólo contaba con 17 años cumplidos y la edad legal para casarse era de 21, a menos que existiera la firma de los padres, garabato con el que no contaban. Enrollada por la labia del ya muy vivido militar, María Teresa, la mujer más enamorada de cuantas ese jurado habría de conocer, no tenía ojos más que para mirar hacia el dulce futuro por vivir al lado de su marido.

En el fondo las dos versiones son un poco la misma, pero usada con diferentes fines. María Teresa no podía ignorar que, a falta de las firmas de sus padres, por fuerza necesitaban falsear su edad. El *Excélsior* decidió sacar de contexto ese dato para contar el cuento de una María Teresa ingenua y deshonrada, como convenía a sus intereses. Ni modo que hablara mal de la reina que había decidido coronar un año antes.

El Nacional también sacó de contexto esa información porque quería presentarnos a una villana desalmada que iba contra los preceptos establecidos, tanto por el antiguo como por el nuevo régimen, de lo que debía ser una esposa.

Ambos usaron una misma verdad en modo diametralmente opuesto.

Y esta historia también.

María Teresa sabía que su acta de nacimiento debía ser falsa y, aun así, se casó porque era lo único que le importaba. Por tranquilidad de sus padres, por el bien de su amor. Por estar con el hombre de su vida. No era ingenua ni villana. Era persona.

A partir de que la serie *Los Soprano* irrumpiera en escena con sus antihéroes, de ser agujas en los pajares audiovisuales éstos se transformaron en agua de uso porque es a lo más que nosotros, simples seres humanos, podemos aspirar: a la imperfección.

Mientras que Clark Kent era un dechado de virtudes (extraterrestres), Tony Soprano es un ser fallido que mata, defrauda y engaña sin poder evitarse a sí mismo, pero también es irreductible en sus lealtades, tolera a la insoportable de su madre y al espantajo de hijo que le tocó en suerte. Queremos que gane. Tony come tanto como nosotros cuando estamos a dieta, llora, sufre ataques de ansiedad. Es el jefe, pero es un ser defectuoso. Como María Teresa, la antiheroína de este cuento.

Fue engañada, sí, pero a saber si por un general, por ella misma en contubernio con la sociedad que le tocó padecer, o por todo junto.

Está enamorada, está ciega, es una asesina que oprimió el gatillo seis veces y, aun así, quiero que gane.

Pero eso se verá después.

De momento, es 22 de septiembre, el equinoccio está en su apogeo y Venus ampara a los enamorados.

—No, Moisés, no puedo hacerle esto a mi mamá. Ahorita mismo me regresas a mi casa y... —comenzó María Teresa y no pudo terminar la frase porque los besos de Moisés, la cama chipotuda del Gual y la lamparita de noche que apagaba y prendía a voluntad, se tragaron su pensamiento.

Moisés se robó a María Teresa el sábado 22 de septiembre de 1928 y hubo que esperar hasta el día lunes 24 para que se efectuara la presunta boda civil. No fue tanto tiempo, podría pensarse. Ni tan poco, diría alguien más. Fueron los amaneceres justos para que María Teresa comprendiera que sus sueños de altos vuelos y una vida en libertad habían sido sólo eso. Sueños.

Una cosa es leer de la valentía de Madame Bovary, por ejemplo, pero otra muy distinta dejar atrás los lazos que, desde el comienzo de nuestra vida, nos han dado ancla y sostén. María Teresa adoraba a su familia, sobre todo a Débora. Ninguna de esas noches durmió, entre el amor que le prodigaba el misterioso moreno que había venido de lejos para caer a su lado en la cama, y el desasosiego de pensar en la jarrita de leche igual de rota que el corazón de su madre. En aquellas madrugadas no alcanzó ni a vislumbrar esa dicha plena de la que hablan las novias.

Por alegrarla, fueron a Casa Gas, la renombrada tienda francesa que empezó vendiendo lencería y terminó convertida en un referente para la moda que usaban tanto *flappers* como señoritas de largas cabelleras y buenos modales; pero también para revolucionarios que, de los sombreros comprados en jarcierías locales, pasaron a adquirir prendas para cubrirse de los elementos al mismo precio por el que podían comprar una chiva. Ahora ya nadie se acuerda de Casa Gas. Mucho menos del hermoso vestido que salió de ahí y que María Teresa, la mujer que fue votada como la mujer más bella del país, lució para un falso juez y dos falsos testigos, uno de los cuales, previo pago, prestó la sala de su casa, ubicada en la calle de Zarco de la colonia Guerrero, a unas cuadras de la iglesia de San Hipólito a la que, de todos modos, no habrían podido acudir porque desde que la Ley Calles prohibió el culto público, las iglesias languidecían en ese silencio que era distinto a todos los silencios eclesiásticos, ése que sonaba a abandono.

María Teresa no sonreía y Moisés, que a su modo la adoraba, finalmente se decidió.

Así, vestida de novia, la dejó en las puertas de Correo Mayor 119 mientras él iba a recoger la maletita que su flamante esposa había construido en sólo dos días y ahora esperaba en el Gual, ansiosa por empezar esa nueva vida que le había prometido su dueña.

Todos los fallidos planes de Jaime se ahogaron en el charquito de leche. Abandonó toda esperanza de convertirse en héroe rescatador de mujeres mancilladas para convertirse en defensor del villano.

Los quince minutos que pensó que le habrían bastado para convencer a María Teresa de la intrínseca maldad de su general, los gastó convenciendo a Débora de que Moisés no era un mal hombre, sólo estaba asustado. Pero tenía palabra y seguramente regresarían casados. Era tanto el amor que sentían el uno por la otra, que no se merecían más que ser felices. Y para eso iba a faltarles la bendición de los Landa, ¿a qué más podría aspirar una madre que a hacer a su hija feliz?

La dejó lo más tranquila que Débora podía quedarse, pero mientras echaba el cerrojo de la casa, para luego descorrerlo por si acaso, ya iba pensando en dónde se le había quedado el rosario para empezar la cuenta infinita de avemarías que, al ser enlazadas con el suficiente empeño, no podrían conducir más que a un buen resultado. ¿Cuál es la diferencia entre no pisar las rayas del pavimento y rezar siete rosarios al hilo?

Jaime le dio paz a Débora. Ensalzó al hombre sin alma y echó a andar. Al dar la vuelta en Moneda, vomitó. Sin darse cuenta de lo que hacía, todas sus acciones colaboraron para lograr el resultado contrario al que se había propuesto.

El 24 de septiembre, cuando María Teresa volvió a su casa, vestida de novia y blandiendo un acta matrimonial (pero sin acercarla a los ojos de los Rafas lo suficiente, para que no pudieran leerla) todo fue perdonado.

—Moisés Vidal y Corro, general brigadier del Glorioso Ejército Mexicano. Es un honor ponerme al servicio de esta familia que, si ustedes y Dios me lo conceden, será la mía de ahora en adelante —se presentó Moisés, quien había aprovechado la ida al Gual para hilvanar una orillita suelta en la pala militar que, cosida a su reluciente uniforme de general, confirmaba con dos estrellas su estatus de Hombre Importante.

A lo hecho, pecho, habrá pensado Rafael Padre, o no habrá pensado nada, porque finalmente, después de tanto fingir que no oía chiflidos y portazos, ahí estaba el causante de los desvelos de toda la familia y no había nada que hacer. Al menos no se la había robado, como era el uso de moda entre el demonial de militares que después de jurarle lealtad al Plan de Agua Prieta, habían dejado sus lugares de origen para irse a recoger los frutos de la Revolución que habían peleado. Entre esos frutos se contaba la nada deleznable oportunidad de comenzar una nueva vida y convencerse de que ésta sí sería la buena. ¿Y si en la otra había mujer e hijos? Ya se iría viendo. Lo importante era agarrarle el paso a la modernidad.

Muchos de esos intentos civilizadores comenzaron con el robo de una muchacha. Muchísimos. Y todos han sido olvidados, si bien algún vejestorio de entre la parentela todavía recuerde en las Navidades que esa familia comenzó con el abuelo robándose a la abuela, o que la tía Filo nunca volvió a hablar después de que se la robaran, ni siquiera cuando nació el hijo que nunca aprendió a querer. Pero la memoria pública, los diarios, poco material dan para evitar el olvido, si acaso una notita perdida en la página nueve:

**Se mató al verse abandonada por el sargento casado
que entró en razón y regresó con su verdadera familia.**

Total, muchachas había de sobra. Siempre ha habido. Las hicieron vestales y luego las olvidaron junto al fuego del hogar.

Fue una suerte que al menos María Teresa sí hubiera regresado. Y casada.

Esa tarde Moisés tuvo la gentileza de acceder al matrimonio por la Iglesia aun siendo hombre de milicia y, por lo tanto, obligado al descreimiento, según bando militar.

Esa tarde, el recién convertido devoto encantó con su labia al matrimonio y a los hijos menores. Más de ocho veces salió la milagrosa Virgen de Cosamaloapan a la plática, más de tres la viejecita de pelo cano, su madre, que había sido su vida entera. Su hermano el sacerdote tampoco faltó en la charla, es una lástima que su parroquia lo mantenga tan ocupado y no pueda venir a oficiar el sagrado sacramento con mi Teye. Habló de amor eterno y de ríos. De ideales y armonía. De Méxicos pacificados. De belleza y desesperación. Convenció a todos los que querían ser convencidos.

A Rafael Chico no lo convenció. El aspirante a abogado asistió al discurso desde el marco de la puerta, sin sentarse, sin fumar, sin moverse. El único movimiento que se le vio hacer fue acercarse a darle un beso en la frente a su hermana.

—Aquí estoy y siempre voy a estar, hermanita —le dijo a María Teresa—. Salgo a fumar para no molestar a las señoras —remató sin destinatario particular, pero con la mirada puesta en el rebosante cenicero que Moisés tenía en la mesita de al lado.

Esa tarde se determinó que la novia se quedaría en la casa paterna hasta que llegara la boda religiosa. Ojalá pueda venir tu familia. Ojalá.

Esa tarde se decidió también que la novia elegiría el lugar de residencia. Aunque el novio ya tenía visto un departamentito ahí en la Juárez, coqueto y en buen barrio. Pero el que ella quiera, faltaba más, yo estoy para complacerla.

Esa tarde, María Teresa, señora casada, tomó la primera copa de lo que iba a convertirse en su bebida preferida: el whisky.

Esa tarde también se le puso fecha a la boda por la Iglesia, cuando ahora sí la novia podría salir de su casa, sin mácula en la reputación.

El primero de octubre de 1928, 17 días antes de que María Teresa cumpliera los 18, volvió a ponerse el vestido que no sé cómo es, porque quienes podrían describirlo están muertos y quienes no, no podemos más que imaginar porque no hay fotografías públicas del evento. Al menos, no reales.

La única imagen que existe de la boda religiosa es un fotomontaje hecho por el *Excélsior*, donde usaron alguna de las decenas de fotos que le tomaron meses antes, para el concurso, y la mezclaron con alguna otra de las pocas que existen de Moisés. Él lleva esmoquin, ¿sería acaso que se dejó retratar el día del baile en el Imperial o lo pintaron a mano? Ella luce tan ojerosa como siempre, lleva una corona de azahares que quién sabe si habrían sido eso o tal vez bisutería convertida en flor nupcial con la magia del retoque. Él luce ondas en la cabellera, orejas grandes y esos labios infames a los que su esposa era adicta, lo mismo cuando la besaba, que cuando los abría para marearla con algún cuento de los que sólo él sabía contar. Ninguno de los dos sonríe.

Y no hace falta.

Ese día eran felices. María Teresa, su familia y unos pocos allegados, entre ellos los dos hermanos de su madre que fungieron como testigos. Sus tíos preferidos. El lunes primero de octubre de 1928, María Teresa se convirtió en la señora Vidal y no tuvo ojos ni manos ni cuerpo ni pensamiento para nada que no fuera su marido.

Dice el periódico que la casa Landa fue engalanada con millares de florecitas blancas y no se trataba de nardos.

—Huelen tanto que me mareo, mamacita. Escoge otras flores —le rogaba María Teresa a Débora.

—Huelen a iglesia. Ya que no podemos ir a una, por lo menos que huela.

—Y si me desmayo en pleno "sí, acepto", ¿qué van a decir los Fernández? Además, ese cura que escogieron ya debe traer su propio olor a santidad. Lo venden en el mercado de Sonora con una etiqueta que dice Pachuli.

—Profana —Débora le festejó la gracejada, pero la sonrisa se le desdibujó a recordar que, desde esa misma noche, ya no tendría en casa a la única persona que la hacía sonreír con ganas—. Cómo te voy a extrañar.

—¡Pero si vamos a vivir a unas cuadras! En la semana tomé el tiempo. Son 17 minutos si camino contigo o con Minacha, 25 si vengo con Moisés, que se detiene a comprar todas las baratijas que le quieren vender, o a admirar una cortinita que se vería muy bien en la recámara. Pobre, cuando se entere de que no sé coser.

—Ni cocinar —chasqueó Débora los dientes.

—Mejor para ti, así podremos vernos todos los días a la hora de la comida —le plantó un beso en el cachete.

—Bueno, bueno, ¿qué flores quieres, pues? —aceptó la madre como siempre concedía ante su hija.

—De esas chiquitinas que se llaman nube. Para que cuando bailemos nuestro primer baile de casados parezca que volamos.

Minacha, Débora y Rafael Padre desviaron la vista cuando, una vez casados, pidieron el beso, beso, beso… No se besaban, se estaban devorando.

Cuando lograron despegar los labios, Moisés le rodeó la cintura para conducirla al centro de la sala para su primer baile de esposos.

Se veían hermosos, entre miles de nubecitas que se abrían a su paso.

Se miraron a los ojos, Moisés le besó con dulzura una mano y luego la alzó para tomar posición de baile. Miró hacia el tío Efrén, a cargo de la música, y con ese casi imperceptible movimiento de cabeza que sólo saben ejecutar quienes están acostumbrados a mandar, dio la orden de comenzar. Entraron los compases de "A la orilla de un palmar".

—¡Dije que "Estrellita", chingada madre! ¿No me doy a entender o qué? —escupió Moisés con la mirada llena de tormentas.

María Teresa imprimió un poquito más de fuerza a sus dedos sobre el pecho de Moisés, en un ademán aún más imperceptible, de ésos que sólo pueden ejecutar quienes no tienen necesidad alguna de mandar porque el mundo les pertenece.

Moisés, al sentir aquello, de inmediato reculó en su exabrupto. Compuso la más tierna de sus sonrisas para besar los párpados de María Teresa.

—¿Nunca le han visto los ojazos a mi señora? ¿Qué otra canción merecerían esas dos estrellas con las que me mira? "Estrellita", por favor.

Los invitados volvieron a sonreír, la esposa más que nadie.

Nadie se acordaría del incidente salvo el tío Efrén, quien, por largos años durante cada evento familiar, aseguraría que no fueron las copas, sino la mano del destino quien hizo sonar el fonógrafo para que todos escucharan esa canción que compuso Manuel M. Ponce, pero que en realidad era un augurio.

Al pasar le pregunté que quién estaba con ella,
y me respondió llorando: sola vivo en el palmar.

Pero en ese momento no había augurios tristes. Ese primero de octubre todos vieron el amor flotando entre nubecitas.

Todos, menos Rafael Padre.

—Venus y Marte se acaban de casar —le dijo a Débora o a Minacha.

—Que Dios nos guarde —respondieron las dos.

10

A la orilla de un palmar

Primero se llamó colonia Americana, luego se transformó en la Juárez para estar más en consonancia con el nacionalismo oficial, pero de todos modos era innegable que se trataba de otro de los sueños europeizantes del porfiriato. A inicios del siglo XX debió ser una postal con su Versalles y su Praga y su Liverpool. Amplias calles, edificios afrancesados, comercios de alcurnia para que los juarenses no tuvieran que abandonar el sueño europeo ni cuando iban al peluquero. Pura gente bonita y acaudalada para poder mantener los jardines en flor.

Luego mataron a Madero, quien en esa misma colonia vivía y, sobre todo, recibía a sus amigos espiritistas. Nunca he sabido qué le importaba más a don Francisco, la no reelección o establecer contacto con el más allá.

A raíz de su muerte, las enormes casas tuvieron que apretarse para dejar espacio a edificios de departamentos un poco menos lujosos, pero más accesibles al bolsillo de la nueva, democrática y progresista sociedad mexicana. Pero tampoco es cosa de abaratar el barrio, no se nos vaya a dejar venir la riada de huarachudos.

En un ojo de la cara le salió a Moisés alquilar el mentado departamento en Londres 22. ¡Pero, caballero, mire usted nada más los vecinos que se va a conseguir por este mismo precio! Aquí abajito, en el 6, está la más bella de las casas de la Juárez, dijo el agente que le hizo firmar aquella ganga.

Y sí, para saber que se trataba de un buen barrio, nada más había que ver aquella construcción con aroma mozárabe que hoy alberga al Museo de Cera de la Ciudad de México y que fue construida por Antonio Rivas Mercado, quien en las fotos más parece un adivino que un arquitecto. Pero no lo era. De haberlo sido, habría gastado mucho de su tiempo en compañía de su hija Antonieta quien, qué le vamos a hacer, también le había salido librepensadora, pero rica, por lo que ya para cuando murió, le había dado tiempo de regar sus pasos por doquier, incluso en la sombrerería de Bernice Rush, donde alguna vez se cruzó con María Teresa, quien quedó patidifusa al ver el porte de la *escandalosa* divorciada y de su acompañante, otra hermosa mujer de quien se decía tenía tres cuartas partes de Afrodita y una de Minerva: Mimí Derba. Quién sabe si de diosa, pero Mimí tenía el claro semblante que sólo pueden ostentar las divas.

—Son artistas, Tere. La más guapa fue una cupletista de las más famosas, pero se metió en asuntos de política o de bandidos, que son la misma cosa. Las dos son divorciadas. Puras mujeres tremendas gustan de mis sombreros —le dijo Bernice con desparpajo una vez que las glamorosas *artistas* salieron del local cargadas de paquetes.

—Yo habría querido ser tan libre como ellas, Bernice, pero el amor se me atravesó en el camino —replicó María Teresa para rematar, desde luego, con una carcajada—. Hoy nada más me llevo estos guantes que mi general anda insoportable con el dinero. Es que vivir en la Juárez sale muy caro. Yo no sabía.

—¿Habría cambiado algo que lo supieras?

—Todo. ¿Yo para qué quiero tanto mueble y tanto adorno si no se me da la gana quitarles el polvo? A mí con una cama me basta —contestó María Teresa.

De saber aquello, a lo mejor Moisés habría alquilado algo más económico. O a lo mejor no, porque, como su compadre Panuncio se lo repetía una y otra vez, a echador y farolote no había quién le ganara.

Allá él, pero yo creo que no estaba en sus cabales o no echó bien las cuentas porque en el poco tiempo que estuvieron ahí, se le escurrió todo el dinero de la pensión.

GASTOS IMPREVISTOS. PUNTO. EXTRÁÑOLAS. PUNTO.

De haber enviado un telegrama a su legítima esposa, probablemente habría dicho algo así. Pero a saber si lo mandó o si la Otra Teresa, la Herrejón, se habrá quedado sin noticia alguna del marido y con el Jesús en la boca de tanto esperar para comprarle zapatitos a la niña más grande.

Aquel alquiler en la Juárez fue el inicio de las faltas paternas de Moisés. Aunque ese octubre se trató sólo de un retraso en el envío, al mes siguiente dejó de mandar los 18 pesos mensuales a su familia en Cosamaloapan.

Grave error. A la larga, eso lo conduciría a la muerte.

Pero eso aún no podía saberse, de momento, había cumplido con darle a María Teresa una casita donde jugar y recibir a los encopetados Landa. La luna de miel habría de postergarse, pero qué más daba, su general ya le había prometido que sería la mejor. Además, estaba la escuela.

—¿Y ya para qué, mi Teye? ¿Qué necesidad tienes tú de andarle viendo las encías podridas a la gente teniendo a tu general que te mantenga? Déjalo. Ya no vayas a la escuela que las horas sin ti no son horas, son purgatorio —le pedía Moisés. Por las buenas, eso sí, no fuera a ser.

—Lo que estudie es lo de menos, a mí me gusta la escuela. Ya te estoy dando gusto con haber dejado de leer periódicos, ¿qué más te da? —replicaba María Teresa jugueteando con el cinturón de Moisés.

—¿Y la casa? ¿Y mi ropa? ¿Las comidas? Tan cara que me sale esta chingada caja de zapatos para que a ti no te interese.

—Siempre supiste que ni me gustan ni sé hacer labores domésticas.

—Tú nomás a las letras le sabes. ¿En qué estaba yo pensando cuando me fui a casar con una intelectual, chingada madre?

—Intelectual, pero también una reina que, por si fuera poco, tienes a tus pies.

—Ahí está el dónde, mi alma. ¿Yo qué voy a hacer esas horas lejos de ti? ¿Me vas a dejar aquí solito? ¿Y si una fulana me hace ojos? —Moisés apeló a su última carta. Ella era igual o más celosa que él.

—Eso ni de broma —se alejó María Teresa de su general y un rayo encendido de furia le iluminó la voz y el semblante.

—¿Se enojó mi Teye? Pues me alegro, ¿no te imaginas lo que yo padezco cada que vas a esa maldita escuela llena de cabrones que te comen con los ojos? Tú eres mía y yo soy tuyo. Es así o no es.

María Teresa cedió. Minacha y sus lecturas feministas le decían que estaba haciendo mal, pero nadie como ella conocía el arrebato enceguecedor de los celos. Era algo insoportable. Podía haber objetado de todo, pero ¿cómo? Si ella sentía ese mismo picor en las entrañas cuando se separaba de su general. Suyo nada más.

Gracias a eso y a que Débora tuvo el buen tino de no criar a una ama de casa, sino a una mujer educada, pasaban los días juntas madre e hija… y yerno.

—Hasta parece que los hilvanaron, mujer. ¿No se separarán ni para hacer de las aguas, tú? —preguntaba Rafael Padre cuando por fin los esposos se retiraban a su carísimo e inutilizado departamento.

—Están recién casados, déjalos. Ya se les pasará —contestaba Débora mientras pegaba los botones en una camisa de Moisés—. Y no te quejes, mejor agradece que tengamos cerca a la niña.

Desde el día de la boda, María Teresa fue del todo feliz. Su único desasosiego era pensar en los momentos en que tendría que separarse de Moisés. ¿Qué le pasaba? ¿Qué embrujo había caído sobre ella que, de querer volar en libertad, ya no deseaba más que estar permanentemente lastrada por los brazos de su hombre?

—No es normal, yo creo. Pero ni caso me hagas, ya me quisiera ver tan felizmente casada y enamorada hasta el tuétano. Eso tampoco es normal —soltó Minacha la carcajada y María Teresa la secundó.

—¿De qué se ríen? —preguntó Moisés al regresar de su incursión en busca de viandas. Pero ya no alcanzaron a responderle porque estaba a punto de comenzar la proyección de *Tempestad*, protagonizada por John Barrymore y cuando el narigón aparecía, la Minacha se ponía peor que cuando el compadre Martínez veía a la Gatita Blanca, a la Conesa.

Aquella noche de ese octubre venturoso y templado estaban en el Salón Rojo (famosa sala de cinematógrafo ubicada en Madero y Bolívar) y probablemente irían después a algún café de chinos. Desde la boda, los temores de Minacha se habían esfumado por obra y gracia del encanto de Moisés.

O eso creía él. Pero de haberle preguntado a la amiga de su esposa, probablemente la versión sería otra.

—María Teresa está feliz, doña Débora, ¿cómo no voy a ponerme contenta yo también? —le contaba a la madre de su mejor amiga—. Y con la buena de que, sin contarlos a ustedes, soy la única persona de la que Vidal no siente celos, ¡tengo que aprovechar la cercanía! Porque le tenemos mucha confianza y todo, pero la verdad es que casi no sabemos nada de lo que hizo durante esos 37 años que no lo conocimos.

—Y 37 son muchos, mija. Dímelo a mí, que nomás tengo seis más que mi yerno y ya me dio tiempo de tener un hijo casi abogado y a la niña casada —suspiraba Débora.

Y era verdad. Moisés se sentía a salvo con Minacha haciéndole compañía a María Teresa y le gustaba que le riera hasta los chistes más malos. Eran un trío perfecto, diferente, pero perfecto.

—Y qué le hace si todo es diferente. Si me vieras, Panuncio, no me conocías. Esa mujercita me dio vida y lo más mejor, me la dio distinta. ¿Yo qué iba a pensar que andaría pateando alfombras de salas de cinematógrafo y teatros de los serios, no de las pinches carpas de variedad todas terregosas? —le contaba a su compadre en las pocas noches que se decidía a dejar por unas horas a su esposa para ir por unos tragos con Panuncio Martínez, quien sólo había visto un par de veces a María Teresa y casi por accidente, porque Moisés jamás había querido ni llevarlo a su casa ni aceptarle la invitación a comer con su nueva señora. A saber si por temor a que el amigo se fuera de la lengua en asuntos viejos, ya del pasado, o por aquella lasciva mirada que Panuncio, acostumbrado a actuar de tal suerte, dirigió hacia las tetas de la Señorita México. ¿O sería por aquel sucinto pero contundente comentario de "qué viejorrón te vino a tocar en la rifa, compadrito"?

Quién lo sabe.

Ya no importa porque en todo caso, uno de los mayores argumentos de la defensa preparada por Lozano se basaba en esa astucia de Moisés para haber mantenido en absoluto secreto sus dos vidas no sólo ante su esposa, sino ante toda su familia. Una familia repleta de varones que no supieron salvaguardar la honra de la única hija mujer de los Landa de los Ríos.

Pero eso sería después. En aquel glorioso octubre de 1928, todo era felicidad y el día 18, cumpleaños 18 de la señora Landa, el culmen de todas las felicidades.

A las siete de la mañana empezó el gallo para la festejada. Antes de que sonara la música, Moisés ya la estaba despertando a besos.

—Es muy temprano, Moisés —se quejó la señora.

—¿No quieres tu cuelga?

Le regaló zapatos, un collar de perlas tan bonito que ni se notaba que eran cultivadas, y menos en ese pescuecito de pollito que apenas alza la cabeza fuera del cascarón, acotó Moisés. Un salto de cama tipo kimono, azul, de seda, con flores de cerezo y trágico destino. Una foto de su general, para que mi Teye siempre me tenga presente donde quiera que esté mirando.

A las nueve ya estaban desayunando en el Café Tacuba con el matrimonio Landa de los Ríos y los hijos menores, luego el paseo y la foto de la felicidad que inauguró este cuento.

La comida fue en el restaurante argentino Loma Linda, por las puras ganas de bailar "El choclo" con mi señora, señaló el general. Una buena elección la de Moisés. No había momento en el que la pareja brillara más que en la pista, no había mujer más guapa que María Teresa. Ambos sabían que a ella le gustaba ser adorada.

Para terminar, una copita en La Ópera de nuevo con los Landa, pero también con Minacha y Rafa Chico, que no es que hubiera estado feliz, pero al menos sonrió tres veces. Las tres, cuando vio a su hermana casi explotar de la felicidad en el mejor cumpleaños que la vida tenía preparado para ella.

El siguiente lo pasaría en la Cárcel de Belén.

Toda la felicidad, sin embargo, empieza a hacer agua en el momento más inesperado y Moisés tendría que haber estado preparado para aquel instante. ¡Pero no tan pronto, chingada madre!

A finales de octubre, Panuncio Martínez fue a la Ciudad de México con el único fin de alertarlo.

—¿Se acuerda de aquel ganadero que nos echamos porque no quiso soltar la marmaja del impuesto revolucionario y nos salió al paso con tamaño escopetón? Pos le salió un hermano bocón que anda haciendo argüende —le dijo Martínez a su amigo.

—¿Y ahora? ¿Será que tengo que jalarme a Veracruz a mandarlo a hacerle compañía a la familia? —Moisés empezó a sopesar sus posibilidades.

—Si a usted le cuadra, pero… ¿y qué hacemos con los gringos caucheros que dicen que le dieron a usted dinero quesque p'al ejército y el ejército ni enterado?

—Pinches cien pesos que con trabajos aflojaron los muy agarrados.

—¿Y los quince mil de la Caja del Ingenio?

—¿Pues de dónde cree que saqué para los gastos de mi designación? Estos de la Secretaría de Guerra no se andan con chiquitas.

—Ya son muchos, compadrito. Ni modo que se los quiebre a todos ahora que es general brigadier. Yo que usted me jalaba pa' Veracruz, pero los de nuestro rango no andamos echando bala a lo pendejo, mejor vaya a ver qué puede arreglar por las buenas o con una feria, ¿no le quedó nada de los quince?

—Ni para el tranvía. Pero si usted me lo recomienda, así se hará. Sirve que me llevo a mi señora a conocer mi tierra. Todavía le debo la luna de miel.

—¿No dice que anda bien roto? ¿Quién va a pagar por eso? Si no es indiscreción.

—Pues el dueño de todas mis lealtades, el mero gobierno, ¿quién más?

Celebraron la ocurrencia con trago y palmadas en la espalda. Luego otra copa y ahora sí la última que mañana va a estar largo el día.

Era mentira que a Moisés no le sobrara dinero, algo quedaba y lo usó para ablandar la pluma del burócrata encargado de firmar la primera comisión del general brigadier Vidal y Corro. El día quince de noviembre tenía que reportarse en Veracruz.

Con el primoroso juego de maletas que recibió de los comerciantes de Madero, María Teresa y su marido partieron en tren hacia el puerto de Veracruz, en un viaje de ensueño que se alargaría por ocho meses. Iban de comisión, pero más bien se trató de un viaje de amantes desesperados, como si supieran que sería el último que harían juntos en lo que les quedaba de vida compartida.

Salieron con una semana de anticipación con el fin de pasar unos días con la familia Vidal en Cosamaloapan, pero a última hora no lograron su cometido porque un cerro desgajado o una presa sobrepasada o alguna mentira de tantas que se inventó Moisés para no jugársela demasiado y que la Herrejón fuera a verlos. Por hechura o por milagro, se quedaron esos días en el puerto, en donde fueron desfilando los hermanos, algunos primos y los amigos de infancia de Moisés.

María Teresa se pasaba todo el día con los sentidos a flor de piel. Oía hasta con el tacto, veía con los oídos, aspiraba por los ojos que procuraba mantener abiertísimos para que no se le escapara nada de aquel otro mundo que le parecía imposible tras haber permanecido encerrada entre las históricas, pero demasiado vistas, calles de la capital. ¿De dónde salía tanta humedad? En el mar, en la brisa, en su cuerpo sudoroso las 24 horas del día, incluidas las del sueño.

Moisés la dejó admirando San Juan de Ulúa junto a su hermano el cura y un primo de apellido Bravo y cuyo nombre se le perdió a María Teresa, probablemente a los cinco segundos de haberlo escuchado.

Y ahí estaban los tres, sin nada que decirse porque las fortalezas militares pertenecían al ámbito del ausente. María Teresa llenó los silencios que le tocaron preguntándole al cura por la historia de tal o cual cuadro. ¿Y de veras será cierto que santa Rosa de Lima acabó ella solita con toda la tripulación de un barco lleno de conquistadores enviruelados? El buen hombre se dio vuelo relatando pasajes bíblicos aprendidos de memoria o inventados. El otro hermano acotaba con escupitajos o gruñidos en las partes más sangrientas de los santos martirios. Sólo así se libraron del mentado paseo. María Teresa venció el tedio y los hermanos Vidal evitaron irse de la lengua.

Con todo y lo poco que habló, los hombres dictaminaron con ojo experto que aquella nueva cuñada que les había llevado Moisés era demasiado... moderna. Sería que todavía no aprendía bien a mover el abanico.

—Porque eres tú te lo aguanto, general, pero no me vuelvas a poner en esos menesteres de dejarme a solas con tu familia porque vuelvo a sentirme como si estuviera en el estrado, siendo juzgada hasta por el Espíritu Santo —le pidió María Teresa la noche antes de abandonar el puerto.

—Con esto terminó la visita familiar, pero se viene peor porque vas a tener que quedarte con las otras esposas de aquí en delante, ni modo que no trabaje, mujer —se defendió Moisés.

—Llévame contigo a la guarnición.

—No, mi reina, ¿a que los peladillos te encueren con la mirada? Ni loco. Usted se queda paseando cuando se pueda y cuando no, se echa su platicadita, se lee uno de sus libritos, ¡si te trajiste un baúl entero retacado de novelas!

—No todas son novelas, también hay poesía y mucha filosofía.

—Por eso. Ahí los vas repasando y luego me los cuentas.

—Qué aburrido.

—¿Quién te manda casarte con un importante general?

—Tengo una idea…

—Me lleva la chingada cuando te salen las ideas…

—Enséñame a tirar. Bueno, tú no, ya sé que andas ocupadísimo, pero ponme a alguien que me enseñe.

—¿Y tú para qué quieres saber eso? ¿Yo estaré pintado o qué?

—¿Prefieres que me pase el día teniendo malos pensamientos?

—Ay, Teye, Teye… —y no dijo más porque el agua de sus cuerpos sudorosos empezó a mezclarse con la saliva de los besos.

La comisión empezaría en la Sierra Norte y un buen día, cuando María Teresa ya estaba a punto de mandar al carajo al burro que usaba para sus excursiones por el cerro y las cercanías para fotografiar todo lo que pudiera con su Leica, Moisés le anunció que ese día tendría que guardar la chingada máquina de fotos porque a él no le gustaban y al día siguiente la iba a acompañar.

—Pero habla tú con ese burro porque me tiene muy mala fe. Él o el chamaquito que lo lleva y que en cinco días no ha dicho más que buenos días, señora; hasta mañana, señora —se quejó María Teresa, aunque en el fondo, ya empezaba a querer al niño y al animal, dado que ambos parecían igual de obcecados. Lo mismo que ella.

—Qué esperanzas, mi alma. Los generales cabalgamos de pura sangre pa'rriba.

Sintiéndose heroína de Tolstoi, María Teresa cabalgó junto a su general hasta un campito de tiro improvisado en un claro no muy alejado. Ahí recibió su primera lección de tiro y sabiendo que instruirla era una de las actividades que más disfrutaban los hombres en general y el suyo en lo particular, erró la mayor parte de los tiros, sin proponérselo, pero fingió un tremendo dolor en el hombro por el retroceso de la Star calibre 22 que apenas sintió por estar pensado en Toral, que había usado un arma similar, pero de calibre mayor. ¿Cuál sería la diferencia en el orificio que perpetra una 22 y el de una 32? No creía que mucho, con razón el asesino de Obregón tuvo que disparar las seis balas para lograr su objetivo.

Para el final de la práctica, Moisés le presentó al sargento que sería su instructor y a quien no eligió por ser el mejor de entre los tiradores de la guarnición, sino porque era feo, cojo y, decían, bebía los vientos por su capitán.

En tres semanas María Teresa perdió a su instructor.

—Yo ya no tengo nada que enseñarle, señora. Si quiere, podemos venir a practicar, pero eso no sería bueno para mí porque mi general, su marido, ya me anda malmirando —le confesó sin verla, mientras llevaba las riendas del malhumorado burro. Se despidieron con un fuerte apretón de manos y años después, aquel sargento, ya convertido en coronel, recordaría cómo aquella mujer sí era un verdadero hombre, se le echaba de ver en el agarre de la mano.

La vida era un hacer y deshacer maletas. Qué felicidad.

De la sierra viajaron a Tlacotalpan, desde donde partirían para recorrer toda la cuenca del Papaloapan hasta Tuxtepec. Al pensar en aquello sube un olor de humedad llegado de quién sabe dónde, suena una música que mece, un río que canta, caudales desmadrados. Era una gloria dormir mecida por los brazos del río y de Moisés, confundidos en una misma cosa.

Fue en Tlacotalpan, donde se estacionaron un par de semanas para elaborar los siguientes planes de la comisión del general, que quién sabe cuál era, pero que él acomodó para pasar cerca de todos los pueblos donde había dejado algún pendiente.

El pueblo aquel era tan bonito que a María Teresa no le habría importado quedarse ahí para siempre. Además, la casa que les designaron resultó ser la más hermosa de todas, amplia, con una galería que daba al patio y donde ella jugaba a las adivinanzas con su propio eco. En un rincón fresco del patio una gata acababa de parir una camada cuando llegaron a instalarse y María Teresa incluso abandonó su siesta por verlos crecer. Se encariñó sobre todo con uno negro, una panterita de sinuosos movimientos que cargaba en brazos como si fuera su muñeca.

—¿No crees que ya es mucho que ese pinche gato duerma con nosotros? —rezongó una noche el general, que andaba muy de malas porque el hermano del ganadero le sacó 300 pesos a cambio de fumar el cigarro de la paz.

—Ay, no, ¿no ves que por ser el más chiquito sus hermanos lo traen a mordidas y arañazos? De aquí no se mueve hasta que agarre fuerzas —respondió colocándose al pequeño sobre el pecho para que el animalito pudiera jugar a gusto con los listones de su bata.

Cuando Moisés vio cómo esas zarpas pequeñitas eran capaces de dejar a la vista los altos montes cuya sola visión le provocaba vértigo, por primera vez pensó en la Leica.

—¿Y tu máquina de fotos? —le preguntó siguiendo con sus dedos el camino que había marcado el gatito.

María Teresa ni siquiera tuvo que preguntar para qué la quería, con la cabeza señaló el mueble donde la guardaba y comenzó a pensar las mejores poses. Sólo dos de aquellas imágenes sobrevivieron al olvido. El fiscal Corona se explayó con saña en la lujuria y la villanía de esos retratos, habló por horas de las fotos, tanto dijo, que en la mente de quienes lo escucharon y de quienes leeríamos las transcripciones muchos años después, esos retratos palidecen ante cualquier *Hustler* y sin embargo, no hay registro de ellas, muy pocos las vieron y no se encuentran en ningún archivo hemerográfico tampoco, pero ni falta que hace, porque Corona las describió con tal detalle que más que probar la concupiscencia de la acusada, confirmaron la de él.

A una de ellas incluso le dio nombre "El parto de los montes". María Teresa posa con el gatito entre los senos no desnudos, sino rodeados por el encaje de su bata. Se adivina el tirante, la nívea blancura enmarcando las cimas de sus senos. Clic.

En la otra, el gatito ha escalado la tela hasta revelar por completo la pierna de la modelo hasta el nacimiento del pubis que podría estar cubierto o no por unas bragas que nadie se toma la molestia de imaginar. María Teresa fuma y le sonríe a la cámara. A su general, para cuyos ojos posó, sin suponer que millares de hombres tendrían fantasías con esas imágenes que, por respeto a tanto soñador, la memoria documental no quiso conservar.

Ésas no serían las únicas fotografías de ese viaje que causarían revuelo.

Ésas se conocerían hasta el juicio.

De momento, el matrimonio está a punto de dejar Tlacotalpan y al gatito que resultó ser hembra. Aunque María Teresa intentó llevársela, ella no quiso abandonar la casa con su galería y su frescor y su libertad. Seguramente se imaginaba que en Correo Mayor no le esperarían más que encierros.

Siguió el viaje con sus noches arrebatadas, sus guarniciones idénticas las unas a las otras, con sus militares lambiscones y sus señoras abanicándose el calor y los mosquitos con un desgano que después de cinco minutos provocaba una epidemia de somnolencia que María Teresa sólo podía aliviar con largas caminatas en las que, a duras penas, podía escuchar sus propios pensamientos, tal era el sonido de la fauna. La contemplación del acicalamiento de las aves le distraía tanto que llegó a olvidarse, incluso, de su afición a utilizar la Leica para inmortalizar tanta naturaleza.

En uno de esos paseos Moisés le regaló a María Teresa un periquito de colores fabulosos al que nombraron el Pequeño Brigadier.

Un ave tan caprichosa que se negaba a emitir sonido alguno en presencia del general.

En enero llegaron a Catemaco y la foto de la piragua adornó las portadas de la prensa local en todas sus ediciones. Ante aquel despliegue de propaganda habría sido imposible que la Herrejón no se enterara de lo que estaba sucediendo.

—¿Ya viste a tu marido? —la madre le lanzó el periódico con una mano mientras que con la otra le limpiaba la carita embarrada de mango a Zoilita, la menor de las hijas de Vidal.

—Nunca dije que Moisés fuera un santo. Siempre ha sido desbalagado, pero yo soy su única esposa —respondió la Otra Teresa al terminar de peinar a Mirella, la mayor, a quien su tía había tenido que comprarle los zapatos que su padre no pudo pagar, y que ya le estaban quedando justos… de nuevo.

—El periódico dice otra cosa… léele, ahí ponen "la señora esposa del general", quesque fue Señorita México, tú —intervino la comedida tía.

—Habladurías… —replicó la Herrejón, pero comenzó a leer con atención.

A la mañana siguiente, después de ver el periódico, Moisés salió disparado a hacer la maleta. A María Teresa le dijo que les había llegado inteligencia de que unos enemigos del régimen estaban planeando un levantamiento allá por Zongolica, por lo que tendría que irse de comisión, y de incógnito, para acabar con aquella revuelta. Era una misión peligrosa y no podría llevarla consigo.

—Dile a Minacha que se venga a hacerte compañía, para que no me extrañes. Una semana o dos cuando mucho.

Fueron 18 días los que pasó fuera. Los suficientes para tranquilizar a la Herrejón y a la familia política, quienes, al verlo todo amor y cuidado con las niñas, Mirella y Zoila, no dudaron que, con todo y sus devaneos, Moisés era un hombre cabal. Si hasta el ejército lo había reconocido como general, quiénes eran ellos para dudar de su honor. Total, las amantes han existido desde que el mundo empezó a girar.

Eso lo pensaron los Herrejón varones, ahora que la madre y la hermana de la Otra Teresa no se tragaron el cuento, pero se callaron porque así se lo pidió la interesada y, además, era cierto que las nenas hacía mucho que no estaban tan contentas. Más de quince días de jugar con ellas, tomar pasteles de barro y hacer lanchas con tres tablitas. Muñecas de escaparate para ellas y una mantilla para la mujer quien, incluso, agradeció que la pirujilla ésa lo hubiera dejado todo chupado porque así no tenía necesidad de inventarle pretextos para alejarlo de su cama.

Moisés vio a su familia por última vez en enero de 1929. Juró mandar el dinero mensual con más puntualidad que el reloj chino de Bucareli y regresar para Semana Santa. La Otra Teresa se quedó pensando que para esas fechas ya se le habrían pasado los furores de la novedad y podía pasar la Pascua con su marido arrepentido y de vuelta en Cosamaloapan.

Llegó y se fue marzo y ni luces de Moisés ni, desde luego, de los 18 pesos.

Impulsada por su madre y su hermana, que rompieron las alcancías y empeñaron lo que pudieron, la Herrejón viajó a la capital, ya no en busca de un marido, eso ya no le interesaba, sino en demanda de una pensión para las niñas. Veracruz, como buena parte del país, pasaba una profunda crisis económica y la posibilidad de que una madre soltera pudiera mantener a dos hijas pequeñas era prácticamente imposible.

A los quince días de haber llegado y de gastarse todo el dinero en pensiones nada lujosas, qué caro está todo en la capital, la Otra Teresa empezaría a trabajar de telefonista en la Ericsson, que para mayor ventaja tenía sus instalaciones en Xochimilco, un lugar tan bonito, tan arbolado y fresco, que no formaba parte de la progresista capital. Hasta cauces de agua escuchaba correr en las noches, cuando llegaba afónica y mal comida a recoger a las niñas que había encargado en la casa de una vecina. Otra les daba el desayuno. Y la de más allá estaba buscando la posibilidad de inscribirlas a la escuelita. Aunque no se conocieran de nada, la Herrejón, como muchas mujeres de todas las épocas, encontró en las de su sexo la intrincada red de seguridad que habría de evitar su caída.

En 1921, Miguel de Unamuno usó por primera vez el término *sororidad*, primero en un artículo y luego en *La tía Tula*. Con el término buscaba una referencia para hablar de esa unión filial entre mujeres, tan parecida a, por ejemplo, la que se construía en las trincheras de la Primera Guerra Mundial. Estar para tu gente. Decidió usar ese *otro* concepto para diferenciar aquel lazo más bien frívolo o doméstico de aquel otro en el que los hombres se jugaban la vida y la muerte. Como si alimentar a tu prole no se tratara de sobrevivencia.

Dudo, sin embargo, que ninguna de las dos Teresas conociera el término porque éste lleva apenas unos años cobrando relevancia global y, según afirma Fran Lebowitz, hasta antes de la aparición del #MeeToo, ser mujer había sido siempre igual hasta que se desató la explosión que las estrellas de cine, con su denuncia, provocaron. Por supuesto que el feminismo tenía muchos años picando piedra, pero, continúa la mencionada neoyorquina, se necesitaba un foco potente que diera luz a los millones de mujeres que estábamos detrás. ¿Quién iba a creerle a una telefonista, a una ama de casa, a una mesera de cantina? Tenía que ser alguien ultrarreconocida la que comenzara a jalar la punta de la madeja.

A su modo, el juicio de María Teresa Landa, la Viuda Negra, sería exactamente lo mismo: una reina de belleza que fue una víctima del engaño, o bien una asesina inmisericorde. El resultado de su juicio sería ejemplar.

Como más tarde se vería.

Por lo pronto, en junio de 1929, la red de mujeres que estaba apoyando a la Herrejón se había ampliado de tal suerte que ya hasta abogado tenía. Y hay que decir que el hombre se las veía negras porque Moisés, prófugo experimentado, ni siquiera contaba con un domicilio para hacerle llegar la citación por la demanda civil que acababa de presentar su legítima esposa, Teresa Herrejón de Vidal; por lo que el buen hombre tuvo que ir a dejar el aviso a la Secretaría de Guerra, con el correspondiente requerimiento de pensión alimenticia para su progenie.

Al día siguiente llegó cable telegráfico a la guarnición donde Moisés y María Teresa seguían pasando las lánguidas tardes en brazos el uno de la otra y esa misma noche dio por terminada su comisión. Lo que se arregló, se arregló y lo que no, ya se irá viendo, pensó Moisés, prefiero pelearme con los de la Caja del Ingenio que con la madre de mis hijas.

El 27 de junio de 1929 María Teresa Landa y su general fueron despedidos con marimba en la estación de trenes del puerto de Veracruz. El trayecto fue tan placentero como el resto del viaje: María Teresa soñaba entre el susurro de los durmientes mientras Moisés iba devorando todos los periódicos que otros viajeros habían dejado olvidados en los asientos del tren.

En la Ciudad de México las cosas seguían más o menos igual por fuera, pero en el interior de la casa de Correo Mayor se había empezado a gestar un cambio.

Jaime trató de olvidarse de María Teresa, pero no se engañaba y sabía que, si había ido a pedir trabajo como reportero en el *Excélsior*, era porque ese periódico se la recordaba. Ahí, él también vio la foto de la piragua. Ahí comenzó a indagar por su cuenta hasta dar con un periódico de Guadalajara, *El Informador,* que desde octubre de 1928 había sacado una pequeña nota en la página 6, junto a los edictos y un anuncio mal disfrazado, que alertaba contra aquello que se oculta detrás de las máscaras.

La presunta acusación de la que hablaba el diario jamás ocurrió. No en ese momento. Faltaban todavía muchos meses para que la Otra Teresa descubriera la foto de los novios.

En la capital ni se enteraron de la nota o si sí, lo dejaron pasar. Chismes inventados para llenar espacios.

Jaime sí la notó y entonces se le ocurrió probar la última de sus cartas.

Será Acusado de Bigamía

MEXICO, 19 de octubre.—Se cree que se armará gran escándalo al llegar mañana a esta capital, la señora María Teresa Herrejón de Vidal, procedente de Cosamaloapan, quien viene a presentar acusación por el delito de bigamía, en contra de su esposo, el general Moisés Vidal, que hace pocos días contrajo matrimonio en esta ciudad con la señorita María Teresa de Landa, que fue elegida "Señorita México" y que participó en el concurso internacional de belleza.

La esposa del referido general, está dispuesta a llevar el asunto hasta lo último, hasta conseguir que sea castigado el culpable.

Se dice que la señorita de Landa, al casarse ignoraba en absoluto que el general Vidal fuera casado y menos que tuviera dos hijitas, llamadas Mirella y Zoila.

La señora Herrejón, presentará al Procurador General de Justicia, el acta de su matrimonio con el general Vidal, firmada el veintisiete de abril de 1924.

Como ambas personas son demasiado conocidas en esta ciudad, el asunto tendrá sin duda mucha resonancia.

—¿Rafael Landa hijo? Permítame presentarme, soy Jaime... —lo interceptó en el café al que solían acudir los estudiantes de leyes.

—Ya sé quién es usted, el amigo de mi cuñado —lo interrumpió.

—Amigos, lo que se dice amigos...

—Eso me aseguró mi señora madre, ¿la tacha de mentirosa?

—Comprendo que esté a la defensiva, pero si me regala cinco minutos puede que lo haga cambiar de parecer. Al menos en lo que a mí se refiere, porque me da la impresión de que a Moisés, por poco que lo conozca, lo tiene más que fichado.

Esa tarde terminó muy de madrugada. Se selló la amistad entre dos hombres a quienes nada unía salvo el desprecio por un tercero y ya se sabe que, en la práctica, los lazos de odio son incluso más fuertes que los del amor.

11

Vidas conyugales

L a muerte se mudó con ellos a Correo Mayor. O eso puedo pensar viendo los acontecimientos desde mi parapeto situado muchos años después. Casi un siglo. Pero, en aquel momento, nadie podía pronosticarlo. Qué curioso que nunca sepamos prever el único hecho de nuestra vida que tiene el cien por ciento de posibilidades de ocurrir: la muerte.

Fueron tantas las prisas con las que Moisés decidió regresar de Veracruz, que se le olvidó que, al abandonar la capital, había también dejado para siempre el departamento de la calle de Londres. Y ni cómo regresar a la pensión de las bataclanas, aunque lo hubieran admitido de vuelta, no se le pegaba la gana meter a María Teresa en ese nido de furcias y de soldados viejos.

Rafa Chico fue a recogerlos a la estación.

—¡Dichosos los ojos, cuña'o! —lo saludó Moisés.

"Dichosísimos, no tienes idea", habrá pensado con sarcasmo el muchacho, pero se guardó los pensamientos y hasta le sonrío al recordar que el plan que había trazado con Jaime comenzaba con una estrecha vigilancia del matrimonio. ¿No dicen que es mejor tener al enemigo cerca? Por su propio bien, Rafa quería pensar que oír las toses de Moisés cada mañana tenía algún propósito mayor.

Los Landa de los Ríos no fueron difíciles de convencer de recibir a la pareja. Aunque valoraban mucho su intimidad y hubieran preferido no meter a un extraño a la casa, más les importaba el bienestar de su hija y si su hermano quería tenerla en casa, por algo sería.

—Bueno, bueno, pero tú ve con Irene la forma de acomodarlos a los dos en la recámara de Teresita. Dile que le dé una arreglada para convertirla en un cuarto de matrimonio —concedió el, todavía, señor de la casa.

Por supuesto que ni Rafa ni Débora ni nadie tuvo tiempo de prever nuevos acomodos, mucho menos muertos en la sala. El telegrama de María Teresa donde anunciaba su regreso llegó apenas un día antes que los recién casados, e Irene, la empleada doméstica que más adelante tendría encendida su propia vela en esta historia como testigo en el juicio, acababa de llegar a trabajar a esa casa y no conocía las costumbres de sus ocupantes, por lo que sus arreglos se limitaron a limpiar y dejar todo exactamente igual. Con las muñecas y el tiradero de libros, con los cajones repletos de quién sabe qué cosas, puesto que, en teoría, la niña ya había vaciado todo cuando se casó.

—La falta que nos hace la Nana —se quejaban todos en la casa y Débora, que lo que más odiaba en este mundo era responder lo que a todas luces a nadie le importaba saber, optó por ya no repetir lo mismo que les venía diciendo desde la jubilación de la Nana: esa mujer merece más descanso que ninguno de los habitantes de esa casa. La Nana terminó de criar a María Teresa y de hacer lo propio con todos los demás hijos sin emitir ni media queja, así que cuando un día Débora la descubrió sentadita en una silla, hecha bolita para descansar un momento sin que nadie la viera, la jubiló, llamó del pueblo a su hija la grande y le metió en el bolsillo todo lo que le había quedado del premio de María Teresa, que no era poca cosa.

El de la despedida fue un día muy triste en casa de los Landa. E igual de grises los que siguieron. No se habían dado cuenta que si Débora era la columna vertebral de la casa, la Nana era la sangre circulando sin prisas ni pausas por todo el organismo: calladita e inadvertida. No tardaron más que el regreso de la estación de Buenavista para empezar a echarla en falta.

Ya no estaba la Nana y, además de su ausencia, había dejado un listón muy alto en cuanto a empleadas, por lo que varias habían ido desfilando sin pasar ni a la memoria de este cuento. Hasta que llegamos a Irene, quien pudo haber dado un montón de respuestas sobre los minutos transcurridos antes del asesinato de Moisés, pero a quien no le funcionaba como era debido el correo y por lo tanto, decidió no asistir a los múltiples citatorios para presentarse a dar declaración.

—¡Pero si hasta publicamos en los periódicos que la andábamos buscando! —le gruñó Zavala cuando Irene se apersonó a uno de los careos. Llevaba a su bebé bien apergollado con el rebozo.

—Ah, pues mal hecho porque yo no sé leer —respondió.

—¿Y entonces cómo se enteró?

—Una vecinita que sí fue a la escuela me dijo, pero apenas ayer.

—Bueno, basta. ¿Qué escuchó esa mañana? —harto, Zavala quería llegar al punto.

—No, pos nada. Una es criada, pero no es chismosa —para lo que dijo, lo mismo habría sido que declararan ella o el bebé. Situación que *El Nacional* aprovechó para asegurar que Irene había sido comprada.

Pero eso sería después.

De momento, el 28 de junio de 1929, Irene no tuvo más que aguantar en silencio la hiperactividad de Débora vaciando cajones antes de que llegara su yerno el general. Otro más para llenarme de pelitos el lavabo recién fregado, habrá pensado, pero se lo calló para ayudar a la señora a que aquello estuviera más o menos presentable a la llegada de los señores chicos, ¡Jesús, se nos echó la tarde encima!

—Se llama el Pequeño Brigadier, ¿te gusta? Es precioso. Saluda a tu tío Rafa, cuéntale que naciste en San Andrés Tuxtla, pero no extrañas nada porque me tienes a mí —después de un abrazo arrebatado y veloz, María Teresa, con su sonrisa de niña asombrada, le mostró a su hermano la espaciosa jaula en la que había viajado el periquito, el cual, por su parte, en vez de referirle sus generales a Rafa, soltó un graznido que con los días se transformaría en un sonoro "Rafa". El Pequeño Brigadier se aprendería los nombres y apodos de toda la familia, menos el de Moisés, a quien nunca consideró más que un molesto actor secundario en la trama de su vida. Tenía razón.

El periquito lo supo antes que nadie.

—Ya te dije que no nos van a admitir con todo y perico en el hotel, mejor déjaselo a tu hermano para que lo cuide en lo que buscamos dónde vivir —la reprendió Moisés.

—Nada de hoteles. Ustedes se vienen a la casa y no "mientras", sino para siempre. Ya lo hablamos y sería un honor que establecieran su residencia en Correo Mayor 119. Somos familia —sentenció Rafa y aunque Moisés consideró muy pertinente negarse, desde el principio le pareció un plan inmejorable no sólo por el ahorro, sino porque sabía que en su futuro habría muchos viajes. Los verdaderos, comisiones del ejército; o inventados, porque tarde o temprano tendría que ausentarse para mantener sosiega a la otra familia. Que los padres de su mujer le cuidaran al mayor de sus tesoros era tan ideal que ni siquiera se habría atrevido a desearlo.

Para beneplácito de (casi) todo mundo, el joven matrimonio se estableció en aquella casa y Débora no tardaría en alabar el buen juicio de su hijo Rafa al haber decidido tenerlos cerca porque los pleitos empezaron a escalar. Quería proteger a su hija. Sólo se equivocó al augurar quién sería la principal víctima de aquellas peleas. ¿O estaba en lo correcto?

Moisés, que creía que todos los leones eran igual de casquivanos que él, se convirtió en la sombra perseguidora de María Teresa, la celaba día y noche y ella, celosa también, pero mejor educada, olvidaba cada vez más a menudo que las señoras de bien no le gritan ni arañan a sus maridos. Eran peleas de gatos en celo. Y las reconciliaciones también.

La casa de Correo Mayor se llenó de gritos de amor o de aborrecimiento, pero gritos al fin. Ya no había quien pudiera vivir en paz.

Salvo Rafa Chico, que paraba poco en casa y, si nos atuviéramos a la tesis del complot de la célula porfirista a la que pretendían ligar al joven Landa, versión con la que se dio vuelo *El Nacional*, hasta podríamos decir que el hermano mayor de María Teresa estaba preparando la muerte del general. O tal vez simplemente no soportaba estar cerca de ese tipo al que tarde o temprano alguien tendría que meterle un balazo. O seis.

Débora rezaba más que nunca. ¿Y su marido? Pobre hombre…

Por muchos años, Rafael Padre padeció las desmañanadas en silencio, pero las soportaba porque eran poca cosa comparada con la recompensa de ser dueño de un negocio. No eran muchas sus lecherías, pero sí las suficientes para constituir un trabajo honrado con que mantener a su esposa y a sus hijos, quienes, siguiendo los usos y costumbres del mundo (aquel y el actual), constituían su única esperanza de algún día poder retirarse. De Rafa no tenía dudas, sería abogado y jamás dejaría a sus padres a la buena del Señor, aunque se casara, bien valía el gastadero al que lo estaba sometiendo la Facultad de Leyes. Ya verían todos cuando el muchacho obtuviera su título de abogado. Del menor era pronto para saberse, pero al menos le había salido varón. La que se había convertido en un dolor de cabeza permanente era Teresita, que no conforme con haber echado por el caño el dineral que tuvo que gastarse en escuelas, ahora les había ido a meter a ese cabrón bueno para nada que se pasaba los días pateando calle arriba y calle abajo sin dar golpe. Si por lo menos no fumara tanto el rejijo. ¿Y qué le iba a decir? ¿La iba a correr? Pues no, más pronto que tarde aquello les iba a tronar como dinamita y mejor tener a la chamaca cerca para recoger los hilachos en los que la iba a convertir ese pedazo de carbón renegrido. Pinche prieto tan feo. Van a acabar mal. Ya lo había dicho en la boda. Por lo menos se casaron como la gente. Chingada madre, Débora, ¿por qué te salió tan rejega la cría?

Como se ha dicho, por muchos años, Rafael Padre padeció las desmañanadas en resignado silencio, hasta que Moisés llegó a vivir a su casa y pasó entonces a disfrutarlas: gozaba el hecho de volver a sentirse dueño de su propia casa, aunque fuera un rato, mientras se tomaba el café y la concha en la santísima paz de no tener que verle la jeta a Vidal. Además, los madrugones le daban el pretexto perfecto para irse a encerrar en su recámara desde temprano. Aquella casa cada día se parecía más a un campo de batalla, con sus explosiones y sus treguas, con sus domingos que ya no eran lo de antes, ahora

145

eran un horror, de tantísima gente apretujándose en los sillones de la salita.

Y apenas estaba por llegar el peor domingo de todos, ése que arruinaría para siempre la piel de tigre que adornaba el sofá grande de la sala y que Débora habría querido quemar en el instante en el que vio sobre él la sangre de Moisés, pero también, después de esa sangre, todavía quedaba por recorrer lo peor de ese camino lleno de peritos, reconstrucciones, un escarnio seguido de otro de mayor magnitud. Todavía faltaba asistir al nacimiento de María Teresa Landa, la "matadora de hombres".

Parto que fue acelerado por la desidia de Moisés.

Aun sabiendo la gravedad del asunto, y que la Otra Teresa estaba en la ciudad con sus hijas, se tomó el tiempo suficiente para reunir todo el dinero que pudo y no para su familia, sino para ir a ver a quién sobornaba para que la acusación de bigamia que la Herrejón había presentado se traspapelara en el archivo de la secretaría.

—Pero el expediente ya está en un juzgado penal, compadre —le reprochó Panuncio una tarde que se citaron a comer en El Taquito, restaurante al que Martínez era asiduo por su afición a los toros—. No pierdas tiempo y haz que retire la demanda. No es civil, es penal, mi compa, ¿cómo vas a quedar ante los superiores?

—Con una platicada que me eche con la Teresa la apaciguo —respondió jactancioso Moisés, sin dudar de su encanto ni del amor incondicional que su verdadera esposa estaba obligada a profesarle—. Lo que quiere es que vuelva con ella, pero no se me da la gana. Sólo con mi Teye puedo ser feliz. Lo sé yo, lo sabes tú, lo sabría hasta Dios Padre si no tuviéramos prohibido mentarlo.

—Por eso, embarúllala cuanto antes para que se esté en paz.

—Tampoco estoy al servicio de esa vieja, que se aguante unos diyitas. Nomás por el mal trago que me está haciendo pasar.

Acudió a verla hasta el 22 de agosto y, según las declaraciones de Teresa Herrejón en el juicio, se sabe que ésa, la última vez que se vieron, hablaron de todo menos de amores. Aquella fue una conversación de negocios.

—Retira la demanda de bigamia.

—Dame el dinero de los terrenos que vendiste.

—Ya no lo tengo, se fue en lo de mi rango.

—Ya lo tienes. Regrésate con nosotras a Cosamaloapan o cuando menos dame la mitad de lo que ganas para las niñas.

—Vende el ganado. Con eso tienen en lo que me repongo.

—Ya lo vendieron tus hermanos y ni dos pesos me dieron, así como te lo digo, ni los dos pesos del vestidito que la Zoila necesitaba. Se lo tuvo que comprar mi hermana.

—No se fuera a quedar pobre.

—¿Y tú sí? Son tus hijas.

—Está bueno, mujer, pero quita esa cara.

—Deja a esa mujer.

—Su familia me mata.

—Tus hijas te necesitan.

—Traigo encima una amenaza que no puedes comprender, dame tiempo de arreglarla.

—¿Y entonces la dejas?

—Ahí vamos viendo, sin ella me muero, Teresa.

—Eres un cínico, cabrón.

Podría pensarse que la Herrejón era fría, calculadora, que ponía la seguridad por encima de los sentimientos. Y es verdad. Por desgracia, esos atributos, cuando se le adjudican a una mujer, resultan en su demérito una y otra vez. En *Sensatez y sentimientos* la heroína es la más racional de las hermanas. La hermana menor, poeta, romántica y culta, a punto está de perder la vida por no resistir los embates de la pasión. La mayor, por su parte, cultiva un amor pacífico, pausado, lo va edificando con palabras y silencios, sin poesía. Con practicidad. Como Teresa Herrejón de Vidal, la mujer a la que se le murió el amor marital entre los brazos de las muchas *capillitas* de su marido, el aspirante a general.

Nació entonces en ella otro amor igual de válido, pero mayor en magnitud: el materno. No peleaba un hombre sino un padre. El progreso no había llegado para el grueso de la población femenina

147

del país y si llegó, todavía tardaría muchos años en hacerse notar. Muchas pelonas en la capital, pero muy pocas alebrestadas entre las amas de casa que sostuvieron el país en tiempos de guerra.

Teresa Herrejón no era simpática. No era guapa. Nunca fue reina de belleza porque pese a ser hermosa, en Cosamaloapan no se usaban las *misses* sino las esposas. Era un producto de la sociedad y lo mismo que nuestra María Teresa, la Otra tenía sus propias batallas por pelear. Y las ganó. La sensatez le ganó al sentimiento en este caso.

En la casita de Xochimilco, Moisés jugó largo rato con las niñas y, habiendo tranquilizado a su legítima esposa con ese gesto, le juró, ahora sí, presentarse a una cita en el despacho del abogado donde se cerrarían los términos para que retiraran la demanda.

Desde luego, no fue a la cita, prefirió sentarse en el sillón, arrebujarse entre la piel de tigre y comenzar a leer la segunda parte de una noveleta que lo traía bien picado: *Más allá del amor y de la muerte*. Ese Pedro Mata sí que le sabe a los asuntos del más allá, habrá pensado. Moisés, por su parte, no sabía nada.

Cuando la Herrejón y su abogado constataron que Moisés no se presentaría a la cita, fueron al Juzgado Cuarto de lo Penal a ratificar la demanda. Por ahí rondaban los periodistas de siempre más uno extra, quien había repartido cigarros entre los secretarios para que lo mantuvieran al tanto de cualquier asunto relacionado con el general brigadier Moisés Vidal y Corro.

Era Jaime.

Tomó notas para no fallar en la información y se fue caminando hasta el periódico. Tenía tiempo para redactar la nota antes del cierre de la edición del sábado 24 de agosto de 1929. No iba feliz, no sonreía. Estaba por colaborar, una vez más, a la caída de una mujer que, si el destino fuera justo, tendría que haber reinado desde el Olimpo, tendría que haber sido adorada.

Jaime no iba feliz y, sin embargo, iba. Nació como personaje con el único propósito de, una mala tarde, emprender esa caminata.

Domingo 25 de agosto de 1929. 10:48 hrs.

En *El Nacional* la describieron como una "casa de plato y taza donde la más grande de las habitaciones no llega a los 12 metros cuadrados". Traza colonial de seis balcones. Acabado en piedra de tezontle. Primer piso del número 119 de la calle de Correo Mayor.

María Teresa oyó cerrarse la puerta de entrada a las 6:07 y despertó enfurruñada, ¿qué manía se le había metido a su padre de ir todos los días a las lecherías de Portales? Dizque en el Día del Señor las personas andan tomando más leche a falta del vino de consagrar. Ya deberían abrir las iglesias o los retablos se van a pudrir en ese abandono, los retablos también nacieron para ser adorados y de no serlo, languidecen.

Cortó sus pensamientos al ver a su lado la espalda de contrabajo de su hombre y no le quedó más remedio que sonreír. Siempre sonreía al notar el brusco cambio que se operaba en ella a la vista del general. Lo que solía ser puro raciocinio se transformaba en sentimiento cuando la figura de aquel hombre se incrustaba en la realidad, en su realidad.

Tomó un poco de agua porque las labores del amor siempre le daban sed. Volvió a acostarse y a repetir el ritual con el que, desde que era una señora casada, se adormilaba: rozar la espalda de su general con los dedos, hacer caminar sus dedos índice y medio por entre las sendas que le marcaban las cicatrices y escalar la mano para cruzar al otro lado y entonces, apretarse fuerte a él. Suspirar sabiendo que todo estaba bien. Al menos durante esos días de calma chicha que solían seguir a las reconciliaciones. Malditos celos.

A las 8:50 volvió a despertarse. ¿Qué diantres con ese abrir y cerrar de puertas? Ah, sí, Débora yéndose a La Merced para que Irene pudiera levantarse tarde como todos los domingos. Siempre fue su día favorito de la semana porque la casa quedaba sólo para ellos durante unas horas y María Teresa podía fingir que aquella era la casa de matrimonio que nunca volverían a habitar. ¿Y qué? Con una habitación les bastaba.

Los hermanos dormirían. Rafa Chico reposando la juerga y el otro haciendo lo único que saben hacer los adolescentes, dormir, provocarse pelos en la palma de la mano y echar otra pestañita.

María Teresa retomó el ritual de la caminata en miniatura, pero no se detuvo en el abrazo, siguió hasta encontrar el camino que la cintura le marcaba. Se dilató jugueteando en el vientre de Moisés para darle tiempo a despertarse y en cuanto sintió que su cuerpo empezaba a presentarse en el mundo otra vez, acometió sin prisas su actividad dominical preferida. En cualquier otro momento el sexo urgente era lo habitual, pero los domingos por la mañana era ella, pausada, quien le hacía el amor a Moisés. Le gustaba quedarse dormitando después, despertando por momentos y sentir el cuerpo a su lado, el otro cuerpo que la hacía navegar e, inexplicablemente, también la proveía de ancla. Sólo a ese tiempo atendía porque, de unos meses para acá, ni reloj usaba. Sus horas atendían a otras manecillas, las suyas, las de su general.

Y pese a la ausencia de relojes, en las primeras declaraciones pudo dilucidarse que no serían más de las 10:30, cuando María Teresa se despabiló del todo. ¿Habrá visto el reloj del pasillo o sería el licenciado Pelayo quien, entre silencios, sollozos y quebrantos de la declarante, pudo organizar el cronograma del día? A saber.

—Hoy me vas a llevar al cine. Dan *Amor, violencia y fortuna* en la Sala Pathé —le dijo ya poniéndose el kimono azul.

—¿Y nos sentamos hasta atrás para que pueda besarte como cuando éramos novios? —quiso bromear.

—Más bien no te gusta el cine.

—Me gustas tú.

María Teresa salió riendo y se ajustó la bata por el pasillo antes de llegar a la cocina, donde Irene ya empezaba a trajinar, preparando todo para el almuerzo dominical que, como siempre, tendría que servir por ahí de la una, ya que toda la familia estuviera en casa.

—¿Cómo está tu bebé, Irene? —le preguntó Teresa.

—Ya se compuso, niña Teresa, anoche nomás tosió tantito —respondió la empleada mientras María Teresa se servía una taza de chocolate recién espumado con el molinillo, como a ella le gustaba.

—Que no me digas niña… bueno, dime como quieras mientras sigas haciendo el chocolate con sabor a cielo, ¿aprendiste en Oaxaca? Oye… —María Teresa se interrumpió al ver sobre una silla del comedor un periódico—. ¿Y esto? —a María Teresa le extrañó encontrarse con el *Excélsior*. Qué manía tenía Moisés por escondérselos, como si fuera una niña chiquita, hábito que se había exacerbado casi hasta la obsesión desde que regresaron de Veracruz.

—Es el de ayer. Lo acabo de sacar de la covacha donde los mete su señor marido el general. Ya ve que a doña Débora le gusta traer los aguacates de toda la semana y luego los envuelve pa' que se vayan madurando. Ya no ha de tardar.

A pesar de la renuencia de Moisés, María Teresa no se quitaba de encima el hábito de indagar en cualquier palabra impresa que le pasara por enfrente.

Leyó.

Leyó ya sin escuchar al mundo exterior, con las letras retumbando en su cabeza al son de una marcha fúnebre que nadie estaba interpretando, fascinada por las letras impresas que, de tanto prohibírselas, Moisés había conseguido que las buscara con más afán.

Matanza y estupidez, ¿cómo no se va a poner una de malas? Moisés a veces parece viejito ideático con lo de no querer que lea ni los horóscopos, pero algo de razón le cabe.

Llegó a la primera página de la segunda sección del *Excélsior*, del sábado 24 de agosto de 1929 y leyó. Sin poder evitarse a sí misma y a sus costumbres, fue incapaz de pasar de largo las negras manchas de tinta que un industrioso impresor fue acomodando con aire distraído, ignorante de que estaba a punto de ponerle punto y aparte a varias vidas. Después de pasar tres veces por encima de las letras, su mente por fin pudo armar el rompecabezas en que su rabia había convertido el encabezado A-C-U-S-A-N—D-E—B-I-G-A-M-I-A. Habrá hecho una pausa corta. Una coma, pero María Teresa la leyó como si todos los signos fueran puntos finales.

ACUSAN DE BIGAMIA AL ESPOSO DE "MISS MEXICO"

La Sra. Ma. Teresa de Landa de Vidal, Resulta Víctima de un General

En los tribunales de esta capital se está ventilando un juicio en contra del señor general Moisés Vidal, quien contrajo matrimonio el año próximo pasado con la señorita María Teresa de Landa y se le acusa de haber contraído matrimonio anteriormente con la señora María Teresa Herrejón de Vidal, de cuyo enlace existen dos hijas, las señoritas Zoila y Mirella Vidal.

La señora Herrejón de Vidal presentó hace algunos días la acusación en contra de su esposo por el delito de bigamia, habiendo sido turnada la causa por el Ministerio Público al Juzgado Cuarto Penal.

Se recordará que la señorita De Landa figuró el año próximo pasado como "Miss México" en el concurso de belleza y pulcritud que anualmente organiza la ciudad de Gálveston, Texas, habiendo asistido a los festivales que se efectúan en esa población con el mismo motivo.

En el expediente respectivo, de-

Sigue en la página 8, 3a. columna

ACUSAN DE BIGAMIA AL ESPOSO DE "MIS MEXICO"

Sigue de la primera página

clara la señora Herrejón de Vidal que ella contrajo legítimo matrimonio por lo Civil con el general Vidal, y que desde entonces radica en la población de Cosamaloapan, Ver., donde se enteró de que su esposo había contraído nuevas nupcias con la ahora señora Landa de Vidal, con residencia en la calle del Correo Mayor número 119.

Habiendo sido turnado el caso al Juzgado Cuarto Penal, hoy se iniciarán las diligencias correspondientes, llamándose a declarar al acusado y demás personas que resultan víctimas en este acto de bigamia.

Un bígamo. Otra mujer. Otra Teresa. Dos hijas. Una vida larga y fructífera que había corrido en paralelo y sin que ella, estúpida, supiera nada.

Quizás era un error.

Releyó.

Bígamo. Dos Teresas diferentes, una en Veracruz. Otra en Correo Mayor. Un mismo hombre. No había error posible. General Moisés Vidal y Corro. Sí, era él. Su marido. Su falso marido. La taza cayó al piso de la cocina. Todavía le quedaba espuma al chocolate.

En la habitación, Moisés se puso la misma muda del día anterior. Pantalón de color y camisa blanca con rayitas lilas. Se lavó un poco, se peinó lo justo. Tomó de la mesita sus cigarros y cerillos, el libro de Pedro Mata que al final no estaba tan bueno como la primera parte, pero que tampoco estaba mal. Le gustaban las novelas de amor, sobre todo cuando salían espíritus cruzando del más allá al más acá por la pura fuerza de una invocación humana. Disfrutaba leyendo lo predestinados que parecen ciertos amores, como los de él y Teresa (cualquier Teresa). Tomó por último su revólver Smith & Wesson de cachas nacaradas y se lo remetió en la parte trasera del cinturón, como todas las mañanas.

La sala no estaba ventilada todavía. Moisés abrió la ventana, acomodó las pieles del sillón como a él le gustaban y no como Irene o Débora insistían en ponerlas, y se arrellanó.

Chingada pistola, se me entierra en la rabadilla. Se la sacó del pantalón y la puso en la mesita de la entrada.

Después de encender uno, dejó el paquete de cigarros y los cerillos junto al arma para que se hicieran compañía, que platicaran de sus cosas.

Ahora sí, qué a gusto se estaba. ¿En dónde me quedé?

María Teresa entró como una loca cuando apenas estaba dando la segunda calada al cigarro.

—¡También se llama Teresa! —agitó el periódico desde la puerta de la sala. El kimono azul celeste se había abierto en algún punto del camino que la llevó desde la debacle de la cocina hasta el hombre que la había provocado.

—¿De qué hablas? —Moisés, temeroso y sabiendo que por fin había llegado el momento que siempre supo que iba a llegar, quiso hacer tiempo. Dejó el cigarro en el cenicero.

—No te hagas pendejo, Moisés, ya no —María Teresa le aventó el periódico, que fue a caer a los pies del sillón porque no hubo mano que quisiera recogerlo. Quemaba—. ¡Por eso me escondes los periódicos, desgraciado!

—¿Un periódico? ¿Esta ridícula escenita se debe a un periódico? Si te tengo dicho que no los leas porque puros infundios sacan —Moisés pensó que una vez dicha la mentira, la única posibilidad era seguirla hasta el final. Se esforzó en mantener una calma que no sentía. Mejor ni levantarse del sillón: que todo continúe como si fuera, tan sólo, el vientecillo que entra por la ventana anunciando una tormenta.

María Teresa quería pegarle, escupirle, arañarle la cara que tanto amaba y tan falsa había resultado ser. Se hubiera abalanzado en su contra, pero la mesita de la entrada se interpuso en su loco camino. A través del filtro rojo con el que la furia le empañaba la vista, alcanzó a distinguir el revólver. Las cachas nacaradas resaltaron entre el rojo infernal en que se acababa de convertir su mundo.

Se la llevó al pecho.

—Me voy a matar.

—No haga caso, mi Teye —ahora sí Moisés se espantó, pero, obstinado, siguió sin levantarse del sillón, en su absurda idea de mantener la ilusión de una calma que hacía rato se había transformado en remolino.

La ira se le salió de cauce a María Teresa cuando oyó, por última vez, el estúpido sobrenombre con el que la ridiculizaba.

María Teresa cambió el rumbo.

El mundo se dio vuelta.

María Teresa giró el cañón del arma. La sujetó con ambas manos y le apuntó al pecho a Moisés. ¿No había dicho el falso juez que el matrimonio los convertiría en un ser indivisible? Daba igual quién se muriera entonces.

—No hagas pendejadas —dijo antes de, por fin, hacer el intento de aproximarse a ella.

—¡No te me acerques o disparo! —sentenció María Teresa.

El torso de Moisés alcanzó a incorporarse.

Primera bala.

Los ojos de Vidal miraron con incalculable sorpresa primero el negrísimo hoyo del cañón y después la sangre manchando, para siempre, su camisa blanca con rayitas lilas.

Los dedos de María Teresa apretaron por cuenta propia cinco veces más.

No habían pasado ni diez segundos desde el primero hasta el sexto disparo.

—¡Moisés, despierta! ¡¿Qué te hice, mi amor?! —retumbaron los gritos aún más que las detonaciones.

Pero él ya no podría responderle nada, como nada pudo decir en su favor para apelar a la misericordia de su asesina.

Sus dudas sobre la probable existencia de vida en el más allá por fin iban a despejarse.

Lunes 26 de agosto de 1929

María Teresa Landa no vio esta portada hasta mucho tiempo después a pesar de que, con toda seguridad, algún ejemplar de *El Universal* habrá rondado por la Comisaría de La Merced, donde esperó más de 24 horas a ser trasladada a la Cárcel de Belén acusada de *uxoricidio,* que si bien en latín quiere decir que un hombre se deshizo de su mujer por mano propia, en aquellos días revueltos también se usaba para designar a ciertas asesinas, a las autoviudas, término que la prensa se vio obligada a inventar para nombrar la creciente plaga de mujeres violentas, criminales, inconcebibles monstruos que quitaban la vida a esos seres que sólo debían estar para respetarse: sus maridos. Mujeres malas.

María Teresa no lo sabía, pero a las pocas horas de haberle vaciado la Smith &Wesson calibre 44 a Moisés Vidal, iba a ser llamada de mil formas distintas: autoviuda, matadora de hombres, serpiente, golfa, querida, robahombres, pinche vieja. Muchos de los apodos que le dieron los periodistas se perderían en el tiempo, pero uno de ellos sobreviviría.

La Viuda Negra.

Teresa alcanzó la fama dos veces. Dos veces acaparó las primeras planas de los periódicos nacionales. Su nombre sería repetido en millones de charlas de sobremesa y chismes de banqueta; en programas de radio y en altavoces públicos. El periódico se aprovechó de ambos titulares: "Miss México mató".

Primero la llamaron reina. Después fue asesina. A su gloria la condujo su belleza y a su perdición también. En ambas acciones buscaba lo mismo: ser libre. Pero, ay de María Teresa, las dos veces se convirtió en prisionera.

María Teresa aún no lo sabía la mañana del 26 de agosto, pero más tarde, los peritos asegurarían que la primera bala entró por la cabeza y salió por la espalda, mientras Moisés trataba de incorporarse del sillón donde plácidamente fumaba y leía. Una postal digna de cualquier anuncio publicitario de la época. Igual que los dibujos de los anuncios, Moisés permanecería en esa misma posición hasta el último aliento de vida.

La segunda bala se apresuró con rumbo al pecho. De la tercera, cuarta, quinta y sexta nada se dirá porque fueron más bien improductivas en la utilidad homicida a la que aspira toda munición: Vidal ya estaba muerto cuando lo alcanzaron.

Seis balas disparadas a tan corta distancia que dejaron diez orificios.

La fotografía de Moisés que *El Universal* escogió para la portada muestra su cadáver sobre una plancha y cubierto por una sábana. Hay también una imagen del equipo forense y del arma asesina. Ahí no hay nada que narrar. Prefiero quedarme con una fotografía que no existe pero que puedo imaginarme: Moisés yace sobre el sillón cubierto por esas pieles de las que tanto gustaba y que lo acogen con ternura, como si le dieran la bienvenida a su nueva condición de caído en batalla.

De María Teresa hay dos retratos. Uno sobrepuesto, de la época del concurso, para recordarle al público, conocedor pero desmemoriado, que no se trata de una asesina cualquiera, sino de una que representaba lo más parecido a la realeza en un país que nunca ha tenido reyes.

La siguiente fotografía la presenta recogida sobre sí misma, doliente, con la cabeza cubierta en señal de ese luto que no la abandonaría jamás. Una viuda. Está rindiendo su primera declaración al licenciado Pelayo Quintero, cuyo pelo engominado ocupa el primer plano de la imagen. La mano del abogado busca una pluma, ¿habrá querido corregir algo en ese documento que con tanto trabajo estaba mecanografiando?

—¡Señora, por favor, decídase! ¿Le pidió que no se muriera al hoy occiso, general brigadier Vidal y Corro, llamándolo "su amor" o a "su general"? No vamos a estar toda la tarde con lo mismo. ¿Cómo lo nombró? Y ya que estamos, ¿cómo esperaba que obedeciera su petición si usted misma acababa de asesinarlo? —pudo haber dicho.

—No sé... no sé... no sé... —habrá respondido María Teresa. Las primeras declaraciones son más falsas que los recuerdos de un amor. Son las más verdaderas también.

En el momento del retrato, su mirada se nota ausente. Incompleta. No del todo ahí. A lo mejor estaba pensando en la pregunta que Moisés nunca quiso responderle.

—Oye, mi general, ¿qué le pasa a un alma después de haber provocado, por propia mano, la desaparición de otra?

12

Uxoricida

De entre las muchas teorías sobre el cuento, hay una muy famosa inventada por otro adorador de las armas de fuego, Ernest Hemingway. Se conoce como el Iceberg: "Yo siempre trato de escribir de acuerdo con el principio del témpano de hielo. El témpano conserva siete octavas partes de su masa debajo del agua por cada parte que deja ver. Uno puede eliminar cualquier cosa que conozca, y eso sólo fortalece el témpano de uno. Es la parte que no se deja ver. Si un escritor omite algo porque no lo conoce, entonces hay un boquete en el relato".

Este cuento tiene un boquete.

Las primeras declaraciones de María Teresa, tanto al ministerio público, licenciado Pelayo Quintero, como a su antiguo conocido, Rómulo Velasco (quien además de entrevistar reinas de belleza, gustaba de pasearse por las comisarías en busca de historias por contar), poco aportan a rellenar el agujero. María Teresa siempre aseguró que ella y sólo ella oprimió el gatillo, sin embargo, resulta del todo sospechoso que nadie más en la atestada casa hubiera escuchado los gritos ni las primeras detonaciones, sobre todo porque Débora declaró que, hacia el mediodía, cuando regresaba del mercado, alcanzó a escuchar gritos y disparos. De eso se valieron algunos diarios para fundamentar la hipótesis de que María Teresa estaba encubriendo a su hermano Rafa Chico, quien, harto del generalote Vidal y con la certeza de que además de maleducado, tragón y fumador empedernido, era un bígamo, había optado por ponerle fin a los pesares de su hermana y, de paso, regresar la paz doméstica que se les había extraviado desde la aparición de Moisés que si no fuera todo lo anterior, de todos modos era uno de los muchos traidores que el Plan de Agua Prieta había engrandecido.

Meses después, el fiscal Corona acusaría de blandengues a los hombres Landa, ¡ellos debieron haber defendido la honra de María Teresa!, gritaba a voz en cuello y procurando acercarse a la caja de transmisión que permitiría que nadie tuviera que perderse las perlas de sabiduría que salían de sus labios. Los dos Rafaeles callaban. ¿Y si sí lo habían hecho?

Jamás lo sabremos. Esta historia tiene un boquete porque no es un cuento de los que le gustaban a Ernest. Es la vida, y ésa desconoce la teoría.

No había terminado de salir el sexto disparo cuando María Teresa ya estaba gritando, abrazada al cuerpo que tanto había amado y que en ese momento se veía deshilachado, roto, tan inutilizable como el kimono azul, que se habrá perdido en alguna caja de evidencias rotulada con el número de expediente 6376 de la Segunda Demarcación de Policía, en La Merced.

Fuera de sí la encontró Débora, pidiéndole perdón a su amor, a su único amor, exigiéndole que no se muriera, que no la dejara, que qué carajos iba a hacer ella en este mundo si no estaba él. Poco después aparecieron los dos Rafaeles y comenzó esa forma del infierno que se presenta en letra de molde y sellos por triplicado.

Los gendarmes le permitieron a María Teresa cambiarse el kimono azul por un vestido de seda negra. Se cubrió la cabeza que tantos dolores le había dado durante toda su vida. Se transformó, para siempre, en una Venus triste. En una matadora de hombres. *Uxoricida*, proclamaron las máquinas de escribir cuando redactaron su ficha policial. María Teresa no tardaría en descubrir que, en el interior, cumplir el trámite de filiación era conocido como *tocar el piano* y nadie supo decirle por qué. Se imaginó que por el movimiento de los

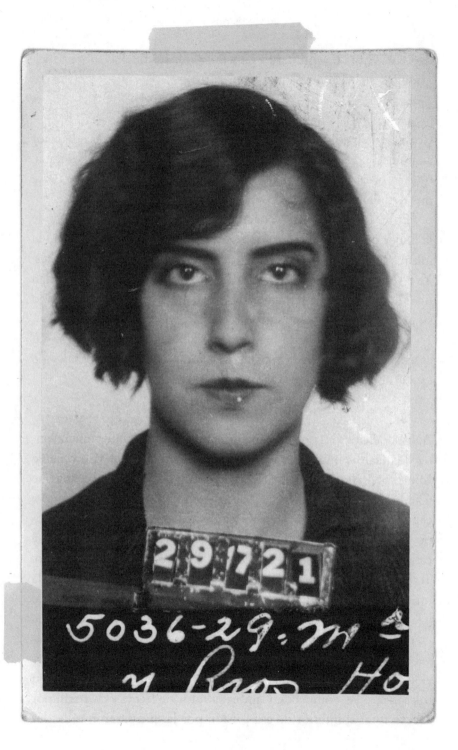

dedos a la hora de entintarlos para imprimir sus huellas sobre papel. ¿Cómo sonaba su nueva partitura?

Consta que medía 1.60, sus iris poseían aureolas medianas de color anaranjado. Dice que su nariz era pequeña, rectilínea y levantada. Que su oreja derecha tenía lóbulo en golfo y pliegue convexo. Dice que es una asesina.

En lo que falla la ficha dáctilo-antropomórfica es en decir que la mujer que posó, primero de frente y luego de perfil, ya no era la misma a la que el Gordo Melhado había fotografiado un año antes. Ya no hay risas ni miradas seductoras. Hay unos ojos que resguardan un odio concentrado hacia la vida que le había quitado todo usando su propia mano como medio.

La ficha no habla de fuegos, pero la imagen sí. Aquí entra en escena el fotógrafo que desbancaría a todos los otros fotógrafos de esta historia: Casasola.

Agustín Víctor Casasola fundó una agencia de fotógrafos mucho antes de que Magnum saltara al ruedo. La llamó Agencia Mexicana de Información Fotográfica y su lema era "tengo o hago la fotografía que usted necesite". Reunió a más de cuarenta fotógrafos, los mandó a capturar el mundo con él encabezando la expedición. Fotografió todo y hasta el último día de su vida, pero, por si fuera poco, archivó y catalogó millones de imágenes que nos abren ventanas a otro tiempo. Todas juntas conforman el Archivo Casasola que, entre montones de otras maravillas, contiene fotografías de una chica triste y encarcelada.

Cuando María Teresa pisó la Cárcel de Belén, Casasola trabajaba en el archivo de la misma, no tanto por el sueldo miserable que pagaban en la prisión para mujeres más famosa de la ciudad, sino por el acceso a las historias que allá adentro se resguardaban junto con sus dueñas, las criminales. Cambiaba fotos de frente y de perfil por acceso total al interior de esa prisión por la que pasaron todas las matadoras de hombres de la época e incluso monjas descarriadas (o iluminadas, según se mire), como la madre Conchita, instigadora del asesinato cometido por nuestro antiguo conocido, León Toral. Casasola fotografió a muchas de ellas, en pose o al natural, en grupos o individualmente; pero después de revisar su fastuoso archivo carcelario, tengo la certeza de que su ojo se enganchó a una de ellas. A la Viuda Negra, quien estaba destinada a provocar enamoramientos allá donde sus pasos, buenos o malos, la llevaran.

Al salir del gris, húmedo y frío gabinete donde le tomaron las huellas digitales, Casasola siguió a María Teresa hasta el patio de la cárcel donde la aguardaban Débora y Minacha. A ellas también Casasola las fotografió varias veces y gracias a ello llegó hasta mí, casi un siglo después, una imagen que fascina desde la primera ojeada.

Débora, como siempre, intenta sostener a María Teresa. Su mano está posada sobre la espalda de una asesina y es más que claro que es ella la que en ese momento necesitaría un sostén que la hiciera fuerte porque está a dos suspiros de dejarse vencer. ¿Para qué seguir si no hay más que negro en el camino? ¿A dónde ir ahora que sus pasos ya están vacíos porque no van a conducirla a la risa pronta de su hija? Débora fue la tercera víctima de esa historia.

María Teresa, por su parte, tiene el gesto duro de quien ya no puede perder nada más porque todo lo dilapidó. Se tragó la felicidad a puños y el destino le cobró al convertirla en arma de doble filo. Se mató ella misma al asesinar a Moisés. Dicen que los samuráis entraban a la batalla dándose por muertos. De ahí para arriba, todo era ganancia.

Así María Teresa. Las ojeras se hicieron nubarrones y la quijada se le contrajo en un gesto de quien puede encarar lo que venga porque el daño mayor ya está hecho.

Es una fotografía que sólo un ojo entrenado pudo tomar. En esas miradas, la de la modelo y la del fotógrafo, se cuenta toda una historia. Es un iceberg sin boquetes.

A partir de ese día, Agustín Casasola siguió por pasillos y oficinas a María Teresa, sólo no se le permitió fotografiarla en el momento en

el que el coronel Casimiro Talamantes, alcalde de la Cárcel de Belén, la recibió en la puerta, como se debe recibir a las reinas.

—Coronel, ya llegó el auto de formal prisión, ¿dónde vamos a acomodar a la Landa? —preguntó la mayora Benavides, quien estaba a punto de salir a hacerse cargo de las primeras diligencias carcelarias.

—No me la vayas a poner con las presas comunes porque se la van a tragar viva. ¿Dónde tienes a la monja? No, no, vaya a pensarse que la estamos inculpando como a la madrecita. ¿No tenemos alguna presa con la que cuando menos tenga de qué platicar? —contestó Casimiro al tiempo que sacaba la colonia y el peine del cajón—. ¿Traigo bien hecho el nudo de la corbata?

—Está la gringa, la Rush. Pueden platicar de sombreros o de pistolas. La sombrerera también mató a su hombre —respondió la mayora con un desdén que no duraría mucho.

La mayora Benavides se acercó al patio de reclusas y desde el instante en el que miró a Débora, supo que no tendría más remedio que velar por María Teresa. A saber si la muchacha fuera una asesina despiadada o una víctima de la pasión, pero le quedó claro que el dolor de la mujer que la acompañaba no podía ser más que el de una madre. Débora parecía una anciana moribunda, aunque probablemente sería menor que la mayora, lo menos que merecía esa buena mujer era que su hija sobreviviera a los rigores de Belén.

En silencio, la mayora contempló la despedida y así, tan habituada como estaba a los giros trágicos del destino, tuvo que esforzarse por mantener la compostura. Con toda la amabilidad de la que fue capaz, separó a la madre de la hija y con una simple mirada instruyó al gendarme *boquetero*, cuya misión era resguardar la puerta que separa la libertad de la prisión, para que tratara bien a Débora y a Minacha en ese camino a la salida que nunca mide lo mismo. Larguísimo para quien no puede andarlo, siempre demasiado corto para las que no quieren alejarse de sus quereres. Débora y Minacha caminaron a pasos cortos. La joven casi sosteniendo en vilo a la mayor. Afuera las esperaba la vida sin María Teresa.

El coronel Casimiro Talamantes fue siempre un hombre de modales gentiles fuera del trabajo pero, cuando estaba en funciones, era reconocido por su mano dura y su frialdad casi inhumana. Probablemente por eso se deshizo de Casasola antes de abrirle las puertas a María Teresa: desde que supo que sería trasladada a *su* cárcel, supo que con ella no podría mantenerse en el papel de rudo carcelero. Se contuvo de besarle la mano, pero no pudo abstenerse de cambiar el delito cuando leyó el auto de formal prisión con el que es menester recibir a las nuevas internas. Casimiro dijo "crimen pasional" en vez de uxoricidio y, al hacerlo, se convirtió en uno de los primeros hombres de este país que le daban a una mujer la calidad de persona capaz de delinquir en nombre la pasión, una transgresión históricamente reservada a los varones despechados.

María Teresa pasó sus primeras horas en prisión en estado catatónico. No recordaba gran cosa del suceso que la había llevado ahí, no podía más que llorar y llorar a su marido muerto, olvidada de que la mano asesina era la de ella. Las otras presas declararon que se la oía sollozar. Ella no las desmintió porque no podía. No comió, no durmió, no vivió. No fue.

—Tienes que convencer a Querido Moheno, Rafa. Del dinero no te preocupes, si es necesario, me le hinco a mi papá para que me preste y te ayudo a pagarle —Jaime fumaba un cigarro tras otro en las afueras de la Cárcel de Belén, donde acompañaba a Rafa Chico en esos ardientes e inútiles pasos que daban calle arriba y calle abajo, mientras esperaban a Débora y a Minacha, pero detuvieron la conversación al verlas salir. No les preguntaron cómo les había ido. El tiempo de las preguntas idiotas ya había quedado atrás.

Querido Moheno fue conocido como el abogado de las autoviudas a raíz de que logró la liberación de una de las más famosas, Nydia Camargo. Pese a que ya existía una ley que permitía el divorcio desde 1919, muy pocas mujeres se atrevían a solicitarlo. Si acaso actrices como Mimí Derba, o millonarias sin temor al escándalo, como Antonieta Rivas Mercado. Para las mujeres comunes, el divorcio implicaba la muerte social. ¿Qué más daba languidecer en la prisión o entre las cuatro paredes de una casa de la que no volverían a salir? Moheno comprendió que la sociedad estaba cambiando y que las mujeres habían dejado de ser solamente víctimas para convertirse en clientes potenciales. Tenía razón. Tanta que sus compromisos laborales lo rebasaban.

Rafa Chico tuvo una corazonada e ignoró las voces que lo desaconsejaban a pedir la intervención del mejor de sus maestros: José

María Lozano, el Príncipe de la Palabra. Ya está viejo, decían. Que se retiró, aseguraban. No va a querer, podrían jurarlo.

No estaba viejo, no se había retirado pero casi, sólo estaba esperando un gran caso para salir de los tribunales con honores. Don José María Lozano, ex ministro de Instrucción Pública, calculó que, de aceptar la defensa de María Teresa, su nombre sería recordado más allá de las aulas y los anales jurídicos. Tenía razón.

El 27 de agosto de 1929, los periódicos anunciaron su designación como abogado defensor de una misma mujer a quien el *Excélsior* llamaba "la señora María Teresa de Vidal" y el resto de los periódicos, la Viuda Negra.

13
Presa número 29721

Pese a todo lo que su juventud y belleza le habían hecho creer, María Teresa no era una heroína y menos la diosa Atenea. Era una asesina.

Si la vida había insistido en hacerle creer que el mundo estaba puesto ahí sólo como escenografía de sus anhelos, su segunda noche en prisión le dio pruebas de lo contrario. La primera noche escapa de su recuerdo, nada quedó en su memoria, la segunda en cambio...

No hubo vecinas de celda que cavaran túneles para hablarle, tampoco hadas madrinas ni epifanías cósmicas, lo que sacó a María Teresa de su estupor fue el olor de su propio cuerpo. Apestaba a sudor, a sangre coagulada, a tinta en los dedos, a ropa mal lavada, a sábanas añejadas en distintos humores, a paredes que, además de secretos, guardan humedad a cal y canto.

De nuevo el cuerpo.

¿Por qué nunca había notado el milagro del agua cayendo sobre su pelo apelmazado? ¿Cómo había pasado por alto la delicia de un jabón corriente llevándose sus pecados y dejando sarpullidos en su piel de niña mimada? Después de pisar la cárcel, todo cambió en María Teresa, pero a lo que nunca pudo habituarse fue a los olores. El amanecer del 28 de agosto la encontró parada junto a la reja de su celda, pensando en la lista de objetos indispensables que tenía que pedir que le llevaran. Chanclas. Toalla. Jabón. Cepillo de dientes. ¿Dejarán pasar perfumes?

Sólo cuando regresó de las regaderas comunes se dio cuenta de que llevaba dos horas sin pensar en Moisés, algo que no le ocurría desde aquel lejano 8 de marzo, cuando se descubrió recreando los labios de un misterioso moreno en vez de llorando la muerte de su abuela.

Tal vez los asesinos como María Teresa reciban una recompensa por haber confesado tan pronto su crimen: conseguir la ración menos quemada del asqueroso menjurje del día, la *pantofacia*, y poder disfrutar de los cinco minutos de agua en el baño de las presas con dinero, las *cachuchas* (no quería ni pensar en lo que ocurriría en el de las que no tenían modo de pagar privilegios, las *chilapeñas*). Una buena estrategia para acallar las tristezas y las culpas. Hasta ese momento cayó en cuenta de que su padre habría tenido que vender alguna o todas las lecherías para pagar su estancia ahí adentro, porque ser presa *de distinción* no era gratis ni siquiera para las favoritas de Talamantes. ¿Y el abogado? ¿De dónde iban a sacarlo a él y al dineral que cobraría? A las culpas antiguas se fueron sumando las muchas otras de reciente adquisición.

La buena noticia era que la mayora no se había olvidado de ella y le hizo más sencilla la adaptación a las nuevas reglas de la vida: allá no vayas; con ésa no te metas porque es *naguala* y la mejor, dicen que es cosa de verte y ya te robó hasta los calzones; que a tu gente no se le ocurra venir en viernes porque el *boquetero* cobra a peseta la entrada de comida; que te traigan *fierros* porque si las guapas normales corren el grave riesgo de amanecer con una charrasca en la jeta para igualar la balanza, ahora imagínate cuando son *misses* y las recibe el alcalde. Hay que pagar por la tranquilidad, mija.

La Cárcel de Belén ya pertenece a la ficción, pero fue real y en su interior se gestaron todos los horrores que la realidad ofrece, comenzando por los olores. Topo Chico, Santa Martha o el Reno siguen siendo ese infierno sin relojes, pero más atestados.

Muchas prisiones famosas, sobre todo las de pasado más negro, se han transformado en museos que si bien quieren hacernos creer a los visitantes que estamos formando parte del horror, es una falsa impresión. Fueron creados contra el olvido, como recordatorio de que la maldad humana no conoce límites, pero sospecho que, como todos los afanes culturales (incluido éste, por supuesto), sigue siendo sólo un intento: en realidad nada sabemos del interior de una cárcel quienes no hemos pasado por alguna. Alguien me contó que lo habían detenido en su casa, a punto de dormir, ya en chanclas. Cuando se cerraron las puertas detrás, su mayor preocupación no eran los asaltos en la oscuridad de la noche o lo negro que se divisaba el futuro, sino la ausencia de calzado, ¿cómo iba a sobrevivir con chanclas entre tanta mierda?

Por mucho que uno de sus ídolos literarios, Oscar Wilde, le hubiera dejado referencias escritas de lo que significaba una prisión, María Teresa no pudo haberlo sabido hasta estar ahí, hasta estirar la mantita y oler y oír y llorar y sentir que ni tus lágrimas te pertenecen en exclusiva. En la cárcel todo es de uso común, desde el *sombrero* donde sirven la comida, hasta los pesares.

—¿Te acuerdas? —preguntó Bernice Rush a su nueva compañera de celda.

—Como si hubiera sido ayer —respondió María Teresa con ese tono que sólo usan las asesinas encarceladas y los ancianos en los parques.

—Las dos andábamos bien enamoradas la última vez que nos vimos afuera —dijo la norteamericana en perfecto español, aunque, a instancias de su abogado, fingía no entender ni jota. Según él, los retrasos y ausencias del intérprete ayudarían a su causa. Era un pésimo abogado. Bernice debió escoger a un mexicano porque, como es de todos sabido, las leyes hablan distintos idiomas según el país donde se ejecuten. Pero esa historia corresponde a otro cadáver.

—Dicen las muchachas que tú también mataste a tu hombre.

—Lo conocí en una carretera, ¿sabes? Se me averió el auto y al verlo hasta se me olvidó para dónde iba yo. Era alto, hermoso, joven. No sabía bailar, pero me celaba tanto cuando yo bailaba con otro, que hasta eso se lo perdoné. Hizo que me sintiera de nuevo joven y bella. Y todo fue falso. Empezó por pedirme 10 pesos para llevar a

173

cenar a su madre, luego 100 para un traje y no sentirse menos cuando me llevara a restaurantes de postín y al final le pagaba hasta la cera para el bigote, que a mí me gustan los besos con sabor a coñac. Para él sólo lo mejor. Lo que nos llevó al carajo fueron esos trece mil para un negocio que no iba a tener pierde. Las señales estaban ahí y no las quise ver. Pero no te pienses que lo maté por dinero, ése lo sé ganar. Lo maté porque lo amaba y él a mí no. Lo maté porque su nueva mujer me arañó la cara y él se rio. Si no se hubiera reído, no estaría muerto. ¿Y tú, Teresa?

—¿Para qué te cuento si las matadoras de hombres siempre terminamos contando la misma historia? Ya te la sabes, Bernice —respondió María Teresa mezclando verdad con mentira, que es la mejor forma de guardar un secreto.

María Teresa y Bernice mataron en un arrebato pasional. Ni siquiera eso le pertenecía en exclusiva a la Viuda Negra. Aquélla fue la última vez que se le oyó no-hablar de su crimen. Desde ese momento y hasta el final, sólo volvió a referirse a Moisés como su adorado esposo. Jamás como al cadáver en que ella misma lo convirtió.

¿Y el cadáver?

Después de que Panuncio lo reconociera en la morgue, Moisés volvió a adquirir la dignidad que la vida le había robado. Tuvo una esquela, volvió a ser un militar de alto rango, un hombre de familia asesinado a quemarropa. Teresa Herrejón de Vidal, como fue nombrada en la esquela para que a nadie le quedaran dudas a cuál de las dos Teresas se referían cuando hablaban de "legítima esposa", también obtuvo lo que en vida jamás le dio Moisés: sustento. La pensión que tanto esfuerzo, dinero y esperas le costó a Moisés, fue pasada por completo a sus dos hijas, Zoila y Mirella. Al menos eso sí salió bien en esta historia.

Ignoro el sentir de las pequeñas al quedarse huérfanas, mucho menos lo que pensarían de Moisés ya siendo adultas, lo único que sé es que ciertos padres ganan más en virtudes al estar muertos que de haberse quedado vivos.

Las niñas dejan aquí esta historia igual que el cadáver de Moisés. Mejor quedarnos con el recuerdo de ese hombre misterioso y extraño que había venido de un lugar muy lejano, allende el mar.

Agustín Casasola sabía del horror de los primeros días de las recién llegadas a la Cárcel de Belén, pero también estaba cierto de que la impresión que le había causado la presa número 29721 no era normal. ¿Interés profesional o personal? Como en el caso de muchos fotógrafos, ambas actividades se confunden, se mezclan con los nitratos y las placas y un ojo que sabe dónde mirar.

Por salir de dudas, Agustín hizo lo único que sabía hacer: la fotografió. Y con eso, le dio a María Teresa una ocupación que a pesar de lo ridícula que le parecía, al menos la mantenía lejos de sus peligrosos pensamientos y, según le había recomendado su abogado, luego podrían servir a su causa al mostrarla como una mujer de recato y de

lecturas. Una figura tan alejada de la que suele verse en las cárceles, que el jurado por fuerza debía sentirse obligado a sacarla de ahí.

No sé cómo lo hizo, a saber cuánto habrá buscado la locación perfecta, nadie se explica que el alcalde Talamantes, tan poco dado a las frivolidades en su prisión, dejara pasar abrigos y sombreros, pero los dejó pasar. Llegaron del brazo de Minacha quien, de tanto ir y venir, ya era considerada presa honoraria.

—¿Dónde la ponemos si esto está que se cae de humedad y cochambre?

—La mayora más mayor de esta cárcel seguro encuentra un rinconcito. ¿A que sí? —Agustín sabía cuáles eran las palabras exactas que debía decir cuando de conseguir una fotografía se trataba. Así logró una imagen que más parece uno de esos juegos de *encuentre el error*. El error es una reina que alguna vez soñó con el Olimpo, pero quién sabe quién dejó caer en una cárcel, junto a unos platitos cuya utilidad nunca he sabido explicarme.

Casasola dejó a la posteridad una falsa impresión de María Teresa Landa. Nada dijo de sus nuevas amistades ni de las condiciones que la llevaron a perder 24 kilos desde el 26 de agosto que entró, hasta el 28 de noviembre, que volvió a ser vista públicamente en el juicio. Entró pesando 65 y cuando el Palacio Real de Belén abrió sus puertas para que la sociedad juzgara a la asesina, pesaba 41.

Pero no puede juzgarse a Casasola. Como muchos de los hombres que pasaron por la vida de María Teresa, también él estaba medio enamorado y ya se sabe que el amor todo lo embellece. Incluso las malditas *bartolinas*.

El cambio más trascendental de María Teresa no llegó en las terroríficas noches, sino en los soleados y otoñales días de aquel septiembre, al intimar con las otras *viejas*. La Naguala pronto se hizo su amiga, cuando María Teresa vio que su derrota ante ella era tal, que optó por pedir dos de cada cosa porque estaban sincronizadas hasta para menstruar. Sólo así terminaron los robos de Carlota. Qué todas fueran como tú, catrina ésta. Espúlgame las *laicas* y te cuento de los sábados que nos íbamos de *pulcatas* con mis amigas. Siempre había un baboso dispuesto a invitarnos otra jarra, ya fuera por ver si alguna se dejaba meter mano, o, si me caía gordo, por haber cooperado con su cartera para nuestra causa. Casi siempre era lo segundo. Es que todos los hombres son unos cabrones, manita. Ojalá fuera yo *manflora* para olvidarme de ellos. ¿Tú conoces uno que valga la pena? Preséntamelo pues. No, mejor no, tengo tan mala sombra que seguro se me descarrila. Es que soy fea, pues, qué le va una a hacer, pero sé querer mucho. Y aunque no fuera... ya ves, tú con esos andares y esos ojazos, de todos modos te pegaron la puñalada. ¿Qué quieren de nosotras, pues? Pinches hombres, mejor me gustaran las mujeres. Porque las *floras* son las más bravas, ¿eh? Quién fuera como ellas. Son las únicas que les plantan cara a los chingados *tecolotes* que un día sí y otro también les hacen hijos a las demás *viejas*. ¿Por qué crees que allá donde *los pericos,* la zona de los chilpayates, está tan retacada? Mejor te cuento un cuento más bonito. De cuando la *giraba* con mi hermano. Yo estaba bien mocosa y él cargaba conmigo para un lado y para otro. Comíamos con las monjitas, íbamos en veces a la escuela y en veces a patear las calles que es una cosa muy bonita. Mejor cuando no se va a ningún lado. Sus amigos me hicieron de la palomilla y nos llegábamos que a Mixcoac, que al Sonora, que a donde se nos pegara la gana. Eran tiempos bonitos. ¿Y luego? Se hizo hombre y vino la leva. Si te digo que ni uno se salva, o se descarrilan, o una bala les malbarata la vida. ¿Ya no me quedó ni un piojo? Mañana te dejo mi turno en el baño, yo con una vez a la semana tengo. ¿Qué si mi familia me manda para bañarme con las *cachuchas*? Qué esperanzas, mi alma, aquí entre todas se cooperan para mis gustitos, nomás que no todas son tan buenitas como tú, a las demás se los tengo que sacar a las patadas o cuando andan en la pendeja.

Tanto quiso María Teresa conocer otros mundos, que no se había dado cuenta de que podía encontrarlos sin alejarse más que unos pocos kilómetros de su casa. Las otras prisioneras, las *viejas*, como incluso ellas se nombraban a sí mismas, estaban tan encerradas como ella, pero al menos habían vivido una libertad de fiesta y amores y vestidos amplios que volaban en los caballitos de la feria. ¿Y yo qué he tenido? La libertad que le dan los libros. Un amor más largo que mi odio. Y poca cosa más.

A mediados de septiembre comenzó el proceso legal con una visita a la casa de Correo Mayor para la reconstrucción de los hechos y aquello, si bien fue legalizado con toda seriedad y la firma del Juez Cuarto de Instrucción, Jesús Zavala, terminó convertido en los periódicos en un circo de tres pistas con todo y su desfile.

Muy temprano por la mañana comenzó el runrún en los pasillos. ¡Van a sacar a la Landa! Que se la llevan al calabozo. Por fin se habrá escabechado a esa pinche gringa insoportable, ¿creerás que me habla en inglés cuando le digo que le toca trapear? No, mujer, se la lleva Talamantes a su leonera. Los chismes no prosperaban mucho con María Teresa porque al poco tiempo de llegar, aprendió que la mejor forma de pararlos era no tener secretos.

—Nada más me llevan a la reconstrucción de los hechos. No me tardo. A ver si me puedo embolsar unos dulces de por ahí, mi mamá siempre tiene y los anda desperdigando por todos lados. Miren, ahí viene mi abogado.

—Papacito, yo te remojaba esas canas en mi...

—Cállate, chingada madre. Que el señor licenciado no se vaya hablando mal.

José María Lozano no era tan guapo como parecía. Ni tan alto como su postura erguida hacía pensar. Ni sabía tanto de leyes como de palabras, a esas las quería con pasión y ellas sabían corresponderle. No fue el más dedicado de los estudiantes, pero sí el mejor de los abogados. Era el Príncipe de la Palabra. ¿Quién más adecuado para defender a una reina?

Salieron del brazo y María Teresa, que tanto había escuchado hablar del *carro fúnebre*, ese vagón en el que trasladaban a las *viejas* a las diligencias procesales, se quedó sin conocerlo porque para llevarla hasta la casa de Correo Mayor, escena del crimen donde se llevaría a cabo la reconstrucción, el alcalde había puesto su propio coche a disposición de la procesada. ¿Y el chofer? Él mismo, sólo sus manos saben conducir esa preciosura. Nadie supo si hablaba del auto o de María Teresa.

Y otro desfile. Carros repletos de gendarmes, jueces de instrucción, los de los abogados. Una procesión de esas a las que María Teresa nunca llegaría a acostumbrarse. ¿No viene el fotógrafo? Hasta crees que se lo iba a perder, se fue desde temprano, seguramente ya lleva un buen rato atosigando a tu familia, a estas horas ya debe haber retratado hasta el perico. A ése no, me dijeron que mi Nana se lo llevó a la Portales.

Cuando supo lo que le había pasado a su niña Teresita, la Nana empacó por segunda vez la maleta que la señora le había regalado. Salió muy temprano para que su parentela no pudiera detenerla y 17 horas después, fresca como si en vez de haber dormitado sobre una banca de palos más duros que el corazón de los que se llevaron a su niña, acabara de levantarse del sofá donde ya no había pieles, se apersonó en Correo Mayor 119.

Débora la recibió con un abrazo y así se quedaron, llorando en silencio para habladurías de todos los transeúntes que pasaron durante los quince minutos que duró el abrazo. No hubo explicaciones. Ni bienvenidas.

—Siéntate, Nana, en lo que te organizo tu cuarto, te ofrecería el de mi hermana, pero ahí nadie puede entrar —dijo Rafa, a quien el Chico se le borró de un solo plumazo el mismo día que María Teresa entró a la Cárcel de Belén: ya no había forma de confundirlo con Rafael Papá, que acababa de transformarse en un anciano casi mudo. Apenas hablaba y casi siempre era para enseñarle al perico las palabras favoritas de su Teresa. Acrópolis. Grafito. Heptámetro. De haberlo sabido, María Teresa no lo habría creído, nunca se imaginó que su padre pusiera atención a esa letanía de palabras que solía recitar como un mantra cuando estaba nerviosa.

Rafael Papá no soportaba aquella casa tan vacía y, con el pretexto de que, tras la venta del negocio, no les había quedado más que la propiedad de Portales y su única salvación sería levantar una nueva lechería desde cero, allá se mudó. Iba a Correo Mayor los domingos. Sólo una vez se acercó a Belén, pero no se animó ni a dar la vuelta a la esquina. Le explotó la diabetes. No lloraba. Estaba maldito, se le oía murmurar.

—Y con el tiradero que siempre deja mi niña. Busca las sábanas limpias en el ropero de la señora. No, mejor busco yo que esa vieja chimiscolera es capaz de haberlas guardado junto con las ollas del pozole.

La vieja chimiscolera era Irene, quien no volvió jamás a la casa de Correo Mayor desde el domingo 25 de agosto de 1929.

La Nana trataba de infundirles ánimo a todos, de dedicarles todo el tiempo que le sobraba de su verdadera misión. Ella estaba ahí para cuidar de Débora, a quien no se le despegaba ni para dormir. De nada sirvieron los afanes domésticos de Rafa porque la Nana se instaló en la recámara de matrimonio. En lo que regresa el señor, decía.

Nunca regresó. Pero eso se sabría hasta después.

Ahora es 18 de septiembre y después de haberse forzado a darle conversación a Casimiro Talamantes, María Teresa entró de nuevo a su casa y al ver a su Nana, le cayó encima la casa entera. Esa misma que ella solita, a mano limpia, había derribado.

—¿Quién trae las pieles? Póngalas en el sofá. ¿Así estaban? Ven a ver, que para eso te trajimos, sirve de algo —le espetó alguno de los trajeados a María Teresa.

—Le suplico un mínimo respeto para la señora —pidió Lozano, pero ya no era necesario. El mismo Casimiro Talamantes acababa de lanzar a la calle al estúpido igualado ése.

—¿El libro, los cerillos, los cigarros? ¿En esta mesita?

—No, ahí sólo estaba el cenicero, el libro lo tenía en las manos. Los cigarros y cerillos los había dejado en el mueblecito de la entrada, junto al arma.

—¿Y la pistola?

—Es revólver.

—¿Ya la revisó balística? No quiero pendejadas —exigió el fiscal Corona con unas ínfulas de vencedor que nadie le había visto nunca. Tan poquita cosa que parecía el sorete ése.

—¿A esta distancia estaba del muerto? ¿Quién se va a poner de muerto con una chingada?

Talamantes se descubrió la cabeza, se acomodó donde María Teresa le indicó. ¿Así o más a la derecha? Gracias, señora.

—¿Ya quedó todo? Ahora sí, dispare como le disparó al general.

María Teresa temblaba, respondía por inercia, llevada por el viento de torbellino de recuerdos que se le había formado en la cabeza y la Smith &Wesson, al centro. El ojo del huracán. Se mezclaban en su mente decenas de salones llenos de varones atentos. Moisés leyendo. Hombres juzgándola. Moisés y sus labios de coral. Disparos que dan en el blanco. Moisés que ya nunca voy a volver a tocarte.

—Dispare, por favor.

Hasta el tercer intento logró apretar el gatillo y sólo una vez. Cayó desvanecida y no se sabe cuáles de los muchos brazos a su disposición la sostuvieron primero.

—¿Y así quiere que le creamos? No puede ni disparar una vez, cuantimenos seis. Dicen que en el reporte de balística salieron como cuatro huellas distintas, ninguna de ella. Ha de haber sido el hermano. Pinche mono encopetado.

Hurgaron en toda la casa, ¿hay necesidad de todo esto?, preguntaba Lozano. Pero ni la autoridad del Príncipe amedrentó al fiscal Corona quien, a través de Zavala, husmeó casi dos horas en la recámara de la procesada hasta voltearla patas arriba. ¿Qué tanto busca? A lo mejor le gustan las muñecas vestidas de azul, con sus zapatitos y su canesú. Talamantes quería una sonrisa de María Teresa. No la consiguió.

No buscaban juegos sino pruebas: el fiscal Corona fundamentó su ataque en la disposición de los objetos de esa habitación para argumentar premeditación y ventaja. Pero eso sería después.

Ya el sol se ocultaba cuando el último de los gendarmes salió de la casa de Correo Mayor.

—Oye, Nana, ¿arreglaste el cuarto de María Teresa? ¿No te dije que no podíamos ni entrar? —la cuestionó Rafa.

—Nomás a arreglar tantito, que las visitas no vieran el reborujo —se excusó la Nana.

—Eso se llama alteración de pruebas y es un delito. A ti podrían meterte a la cárcel y a mi hermana…

—¡Cállate, Rafael!

14

Jurado popular

El 18 de octubre de 1929, María Teresa cumplió 19 años. No hubo pastel, pero Casasola se las arregló para que ese día su asistente no llegara a trabajar y él pudiera requerirla para ayudarlo a teclear la información de las fichas policiales, a afinar el piano de las filiaciones, dijo. Entre un nuevo criminal y otro, Agustín le habló de guerras lejanas en el tiempo o en la distancia. De lentes. De cómo la vida se deja retratar mejor en tiempos de revoltura. Del bigote y los principios de su general Zapata, ambos igual de inamovibles. No habló de la cárcel. Ni de funerales. Ni de caudillos muertos. Le contó de esa otra existencia que puede recorrerse con la mirada y que no siempre es del todo real. No le habló de su belleza, no hizo la menor de las insinuaciones y de no haber estado ya en ese duelo que la acompañaría siempre, María Teresa se habría enamorado.

Se hicieron amigos.

El 23 de marzo de 1994, Luis Donaldo Colosio oyó una última canción antes de ser asesinado, "La culebra".

El 17 de julio de 1928, Álvaro Obregón también terminó su vida al compás de una canción, "Limoncito", su preferida. Cuando finalmente lo alcanzó la bala que venía detrás de él desde el inicio de los tiempos, la pieza estaba siendo interpretada por la Orquesta Típica Presidencial, bajo la batuta del compositor favorito de moda:

Alfonso Esparza Oteo, discípulo de Manuel M. Ponce (el autor de "Estrellita" y de "A la orilla de un palmar").

Ni los magnicidios son originales.

De haber estado juntas aquel día, María Teresa y la madre Conchita habrían competido por pedir una y otra vez la mismísima canción, ambas del mismo compositor: Esparza Oteo. "Limoncito" solicitaría la religiosa y habrá quien asegure que lo último que habría querido era invocar a los negros recuerdos de sangre y muerte, pero me da por pensar que en la memoria de la madre Conchita, el asesinato de Obregón se asemejaba a un amor desdichado y ya sabemos que esos nunca terminan de cicatrizar de tanto que nos gusta lamernos las heridas.

Las *viejas*, azuzadas por la Naguala, consiguieron una botellita de jerez sólo para María Teresa. Las *catrinas* de esto toman, no seas ignorante, para nosotras tequila, que tenemos el gaznate acostumbrado. Tráete a la mayora, qué bonito canta, ¿verdad? Quién la viera.

Nadie sacó la guitarra, pero ni falta que hacía porque para llorar les bastaban los recuerdos y la voz de la Benavides.

—Cántame "Un viejo amor" —le rogaba María Teresa.

—¿Otra vez? Te me vas a deshidratar de tanto chillar con ésa. Además, ya se me secó la boca —respondía la mayora.

Por querer olvidarse de la que había sido afuera, María Teresa había cambiado hasta sus gustos musicales.

—Ya no hay jerez pero no nos vaya a despreciar, mi mayora. Échese un tequilazo que sirve para todo, hasta aclara la garganta.

—Una y ya. Si me dan los 12 años que pide el fiscal Corona, se me hace que no voy a tener muchas oportunidades de escucharla —remató María Teresa y nadie pudo contradecirla.

> *Por unos ojazos negros,*
> *igual que penas de amores,*
> *hace tiempo tuve anhelos,*
> *alegrías y sinsabores.*
> *Y al mirarme aquellos ojos*

me decían casi llorando
"no te olvides, vida mía,
de lo que te estoy cantando".
Un viejo amor ni se olvida ni se deja.
Un viejo amor de nuestra alma sí se aleja,
pero nunca dice adiós.

"¿Cómo te atreviste a dejarme de esa forma, mi general; en qué cabeza cabe que yo iba a poder vivir entre tanta soledad?", pensaría María Teresa.

La Landa no leyó los diarios ataques que recibía en la prensa, pero bien podía imaginárselos. Tampoco se enteró de que esa nueva tribu llamada *las feministas* (nombre siempre pronunciado con desprecio) la habían acogido entre sus aguerridos brazos. Su causa se convirtió en la causa de cientos de mujeres que veían en su figura la suma de todas las injusticias que se cometían contra su sexo. Ser pelona estaba mal visto, pero ser feminista era directamente pecaminoso o criminal.

El fiscal Corona usaría aquello para su causa. José María Lozano, sabiendo la pésima reputación que da pertenecer a un conjunto de mujeres alebrestadas, trató de soterrar el hecho.

El 11 de noviembre, el Príncipe presentó las bases de su defensa. Nueve puntos que usaría como armas en duelo singular contra Corona. Nueve argumentos que pensaba irrebatibles. Suficientes para pedir la absolución completa de su defendida:

1) Actuó en defensa de su honor, repeliendo una agresión actual, inminente y sin derecho.
2) Obró violentada por una fuerza moral que le produjo el temor fundado e irresistible de un mal inminente y grave.
3) Lo privó de la vida impelida por una fuerza física irresistible.
4) Lo hizo en ejercicio de un legítimo derecho; por lo tanto,
5) No hubo culpa ni intención.

6) Es una muchacha de buenas costumbres.

7) Confesó porque es una ciudadana respetuosa de la ley.

8) Si culpa hay, fue sólo la del arrebato de furia ciega, orillada por acciones de su esposo.

9) Es menor de edad.

—¿Tú crees que sea suficiente, Rafa? ¿Con eso van a perdonarla? ¿Y si la mandan a las Marías?

—El único culpable en esta historia es Moisés, mamá.

—Pero también es el muerto.

No había más. Era eso o no era nada. Todo dependía de la labia de Lozano y de la buena voluntad de los extraños… lo cual parecía más difícil de lograr.

El 15 y 17 de noviembre se llevaron a cabo los careos con testigos de cargo y de descargo.

A pesar de que Lozano la había preparado, María Teresa apenas resistió los careos.

Veintidós testigos de cargo. Veintidós personas dispuestas a asegurar que María Teresa era una furcia de moral disoluta que, mucho antes de la farsa del matrimonio, ya visitaba el edificio de Chile para pecar junto con Moisés. Aunque no todos los testigos se presentarían al juicio, hecho que Lozano usó para hacer ver bien a su defendida, sí asistieron a cobrarse revancha por haber tenido que competir contra ella, una mujer cuya sola existencia representaba una afrenta. Era culta, era guapa, era la preferida de Moisés. El peor fue el sastre Ramírez, y en la fotografía que hizo Casasola puede notarse la transformación que aquel enfrentamiento obró en María Teresa: la hace ver como una asesina, no la de Moisés, sino la que quisiera ser. Ganas le daban de matar a ese hombre que, hilando una mentira tras otra, dejó a María Teresa sin argumentos. ¿Cómo responder a la falsedad?

La tiple Eva le plantó cara, pero no dijo nada que pudiera sustentar la liviandad que Corona pretendía. El periodiquerito menos, o no lo instruyeron bien o con el jelengue se olvidó de todo.

—Entonces ¿dices que yo visitaba a Moisés en el edificio de Chile? —lo encaró María Teresa desde detrás de la rejilla.

—Sí. Hasta el coronelazo me dio un quinto por llevarle un día la comida y que no tuvieran que salir del cuarto —respondió el periodiquerito.

—Era general.

—No, pos ahí hay de todo.

—Hasta muchachitos mentirosos. A ver, según tú, ¿qué te pidió de comer?

—Este… sopa aguada y sardinas.

—¿Tú crees que le iba a dar sopa aguada y sardinas a la mujer que quería agasajar?

—Pues… pues eso llevé.

Zavala optó por denegar al testigo. Que Corona se conformara con las otras bataclanas, las que sí se inclinaban por perjudicarla.

"Todo está bien, mamita. Vamos bien, tenga fe y siga rezando", Rafa mentía a su madre todo el día y lo hacía cada vez peor. Con Jaime, en cambio, se explayaba en sus negros presentimientos.

—Pinta mal, ¿para qué nos vamos a engañar, Jaime? —Rafa hacía listas y más listas. Nombres borrados y vueltos a poner. Cabellos jaloneados a puños. Ojeras permanentes.

—¿Cuántos tenemos de descargo? —Jaime estaba en los huesos y sin un quinto. Todo se le iba en cigarros o en pequeñas dádivas a los *boqueteros*. Sin decirle nada a Rafa, se hacía cargo de hacerle llegar a María Teresa objetos sin importancia, como prendedores para el pelo o dulces frívolos, de ésos que no pertenecen a la manutención del cuerpo, pero que lograban maravillas en el ánimo de María Teresa.

—Ocho testigos de descargo. Nada más. Siete si no logro convencer a mi papá.

No es que Rafael Papá no quisiera ir al juicio, es que dudaba de sí mismo. Cómo chingada madre voy a explicarle a esa gente por qué no lo maté antes yo. ¿De qué modo les explico que me faltó valor para sorrajarle dos balazos el mismo día que entró en mi casa? ¿Por qué no lo investigué si siempre supe que aquello iba a terminar en tragedia?

La cosa, en efecto, pintaba mal.

Con igual número de defensores y de detractores, cada cual más apasionado que los otros, 1929 resultó ser el año en el que más calurosamente se discutió la existencia del Jurado Popular en México, tras seis décadas de ajetreada existencia. En su última versión, nueve u 11 ciudadanos elegidos al azar eran los encargados de dictar legal sentencia. Ni el "azar" era tanto (siempre se discutió la ausencia de minorías y de mujeres), ni la sentencia era tan "legal", aunque sí más "humana". Los legistas tanto discutieron, que al final resultó que el de María Teresa Landa sería el último de los juicios a cargo de un Jurado Popular en nuestro país.

Pero para eso faltaban unos cuantos días, de momento, estamos en el 26 de noviembre, cuando se llevó a cabo la insaculación de los jurados que decidirían el destino de la Viuda Negra: nueve propietarios y seis suplentes.

—Este señor no, anda muy engominado, se le echa de ver que es demasiado *moderno*.

—Lo borramos, pero quítame entonces a aquel carcamal que hasta trae colgado un escapulario, ¿dónde queda el laicismo del Estado?

Lozano y Corona enfrentaron aquel día el primero de sus duelos. Hubo empate. Se consiguió el jurado más objetivo que podía haberse encontrado. Tampoco había más.

La radio instaba a la población capitalina a no arremolinarse en el Palacio Real de Belén si no tenían boleto. Los cien lugares disponibles en el interior de la sala de audiencias ya se habían ocupado. Pero no se preocupen, porque Radio XFX, *la radio educativa*, colocaría bocinas en la esquina de Humboldt y Av. Juárez. Interrumpiría su programación normal para que el público no se perdiera ni una sola de las palabras dichas durante el juicio porque, óiganlo bien, damas y caballeros, ¡tendremos la *caja* de transmisión en la mismísima mesa de los insignes jueces! Si ellos lo escuchan, usted también.

Los periódicos del 27 de noviembre rompieron récords de ventas. Ni las audiencias públicas de Toral habían levantado tantas pasiones como el caso de la Viuda Negra.

El juicio promete ser sensacional

María Teresa, ajena a los diarios, durmió a pierna suelta la noche previa a que el pueblo de México la sometiera a escrutinio su vida entera, sus palabras, sus actos, sus omisiones. Ajena a todo, durmió. La mayora le había mezclado somníferos con el atole.

El 28 de noviembre de 1929 amaneció nublado. Una ola de frío se había desplegado sobre la Ciudad de México, un aire brioso que hizo pensar a Débora y a Minacha que tal vez el abrigo no sería suficiente. El frío será lo de menos, dijo María Teresa. O a lo mejor sólo lo pensó.

La madre y la amiga llegaron desde las siete, creían ser las primeras, pero Casasola ya las esperaba y pudo tomar la segunda de las fotografías con las que comenzó este cuento. Después, Débora, Minacha, la mayora Benavides, la Naguala y otras seis *viejas*, amigas cercanas, acompañaron a María Teresa hasta el altar del Sagrado Corazón, patrono de las presas.

—Ayúdame o mi madre se muere. Ayúdame, te lo suplico —le dijo sin palabras a la imagen.

A las 8:45, dos custodios y el coronel Casimiro Talamantes caminaron los pocos metros que separaban las húmedas *bartolinas* de la cárcel, hasta el Palacio Real de Belén, donde se llevaban a cabo los juicios. Por un momento, a todos se les olvidó en dónde estaban al ver aquel gentío por entre las rejas. Parecía otro desfile.

Según *El Nacional*, una turba de feministas pelonas, anteojudas y de muy malos modos, dio portazo a pesar de que los 100 lugares ya estaban ocupados. A gritos, empujones y pestañeos, se abrieron paso hasta lograr ocupar los asientos de adelante, los de mejor vista.

Casasola no se daba abasto. Clic. Clic.

Según el *Excélsior*, educadas señoritas, bellas representantes de la modernidad, entraron, boleto en mano, a mostrarle su apoyo a esa mujer en quien se reúnen cultura, recato, ímpetu por abrirse camino tanto en la academia como en la vida misma. Llegaron a cerrar filas a su alrededor.

En el interior había unas 120 almas. Fueron más de 6 000 las que se quedaron afuera.

Con muchos trabajos, María Teresa logró entrar. Los gritos a su favor y en contra eran ensordecedores y el calor, potenciado por el dichoso abrigo, infame.

Una silla de madera la esperaba, pero no alcanzó a ocuparla porque el licenciado Ignacio Bustos, presidente de debates, comprendió que aquello no iba a prosperar. La lista de testigos estaba

incompleta y eso que había tardado su buena media hora en hacerse oír entre la bulla nada más para empezar a recitar nombres.

—¡Me faltan todos los testigos del edificio de Chile! —Corona se exasperaba.

—Justicia divina. Si no vienen, es porque la consciencia los carcome por dentro. El protocolo decía que debíamos haber empezado hace media hora. No me queda más remedio que protestar por el retraso de la diligencia —Lozano exigía sin gritos, pero con voz autoritaria.

—Hombre, Chema, ¿cómo íbamos a empezar si no podíamos ni entrar al Palacio? —al insigne presidente de debates no le alcanzaban los pañuelos para secarse el sudor de la frente.

—¡Mírenlos, ahí vienen entrando mis cinco testigos! —exclamó el fiscal.

—¡Pero tarde! Esto no se puede tolerar en un palacio de justicia —rebatía el Príncipe.

—¡A callar todos! ¿Por qué llegaron hasta ahora? —Bustos cuestionó al grupo de las bataclanas, pero fue el varón quien respondió.

—Porque no dábamos, licenciado. Y luego no nos dejaban pasar. Pero ya estamos aquí, ya podemos empezar —respondió el sastre mientras se repeinaba los mechones que las feministas le habían despeinado.

—Si esto no es una tertulia, oiga. Y si alguien decide aquí algo, ése soy yo. Faltaba más. Ahora todos se esperan. En una de ésas, al gentío de afuera le pica el hambre y nos desabarrota esto.

Golpe de martillo y la audiencia se pospone hasta las cuatro de la tarde.

No hay nada peor que, después de haber esperado con el alma en un hilo, se deba volver a comenzar. Sin rituales ni bendiciones, con una carga de horas en las espaldas, a las cuatro de la tarde por fin el pase de lista estuvo completo y los nueve jurados, representantes de todo el pueblo de México, pudieron empezar a juzgar a la Viuda Negra.

María Teresa se defendía como podía de los ataques de los testigos de cargo.

—Sí, señor, yo lo maté y no sé ni cómo, porque mi intención era matarme a mí misma.

—Qué fácil.

—Su honra nunca ha estado en juego, ¿verdad? Hay que ser mujer para saberlo. De un momento a otro me había convertido en una bígama con peligro de cárcel.

—¿Y no se le ocurrió hacer averiguaciones antes de dizque casarse?

—¿A usted se le ocurriría hacer averiguaciones de la mujer que ama? Si ella dice, *soy tuya*, ¿lo pondría en tela de juicio? La palabra de Moisés para mí era una ley de más peso que la que ahora me juzga.

Y así siguieron, con muy pocas variaciones, durante horas: lujuriosa que lo visitaba en su cuarto desde mucho antes de la farsa del matrimonio, que ni a farsa llegaba porque todo indicaba que ella había sido cómplice. Ni tan guapo estaba, ¿a poco se iba a dejar engañar ésta?, ¿no que tan leída? Pero bien que andaba paseándose en cueros, traje de baño mis polainas, ni ha de saber nadar.

Corona dejó que la acusada y su abogado se desgastaran en defenderse, había guardado para el final, ya cerca de las nueve de la noche, sus mejores argumentos para convencer al jurado de la liviandad de María Teresa: las fotos del gatito y las cartas de Minacha.

—¿Qué mujer que se respete se escribe así con una amiga? —declamaba Corona mirando al jurado y sabaneando las cartas entre dos mejores amigas que gustan de las palabras.

—¡Todas, viejo baboso! ¡Se ve que nunca se ha tratado con ninguna! —le respondían entre carcajadas varias voces femeninas de entre el público.

—¡¿Y qué me dice de las pornográficas fotografías que la exhiben como una…?!

—¡Protesto!

—El que me exhibe es usted, licenciado Corona. Esas fotografías fueron tomadas en la intimidad de la habitación de unos esposos. Porque hasta los últimos cinco minutos de su vida, yo creí que el general Moisés Vidal era mi legítimo marido. Teníamos meses de casados y estábamos enamorados. Si él me pedía una fotografía hecha sólo para sus ojos, ¿cómo podría yo negarme? Vivía para él. Era suya. El cura y el juez me dijeron que al convertirme en su mujer tenía que obedecerlo, ¿ahora me acusa por cumplir los mandatos del matrimonio?

Con esa declaración terminó la audiencia del 28 de noviembre y Lozano había sonreído por primera vez en toda la tarde. Se había equivocado, lejos de mantener a su defendida callada, habría tenido que ponerla a hablar.

Desde la gayola, Jaime se había hecho sangre en todos los dedos de tanto morderse las uñas. Cinco minutos de victoria contra cinco horas de derrota en el tablero de María Teresa. La cosa seguía pintando mal. Divisó a Rafa desde lejos, y éste movió negativamente la cabeza.

Doce años pedía Corona por homicidio simple antes de conocer los pormenores del caso, pero ahora que los había analizado a profundidad… todo podría cambiar.

15

La malignidad de las cosas

La mañana del 29 de noviembre encontró a María Teresa sin haber pegado ojo a pesar del atole compuesto. Era el segundo día de juicio y éste incluía todos y cada uno de los eventos que más terror le producían: las declaraciones de su familia y las de La Otra Teresa, quien, desde el 25 de agosto, con su maldecido periodicazo, había pasado a ser la Primera Teresa.

Si bien el gentío era igual o mayor al del día previo, ya las autoridades estaban preparadas y la entrada transcurrió con más calma.

—Rafa, un conecte de tribunales me pasó un dato. No te puedo decir más, pero necesitamos que toda la prensa posible tenga acceso a la sala de audiencias. Tú y tus papás hoy van a subir al estrado como testigos, ¿verdad? No necesitan sus boletos. Regálamelos y yo sabré a quién repartirlos —le pidió el insomne Jaime a Rafa y lo hizo a una velocidad que no se sabía si era producto de la cafeína o de la emoción.

—¿De qué hablas? —respondió al atribulado hermano de María Teresa, que llevaba ya 48 horas sin encontrar el modo de darles consuelo a sus padres.

—¡Que no te puedo decir! ¿Me das o no esos boletos?

—Pues si me los pides así... —Rafa extendió los valorados papelitos.

—Yo ya conseguí otros dos, con estos serían cinco y en una de ésas —Jaime se alejó a toda prisa y ya Rafa no pudo escuchar el resto de la perorata que, de todos modos, no parecía estar destinada para

199

él ni para nadie en particular. Como lo haría durante el resto de su vida, cada vez que Jaime hablara consigo mismo, sostendría un diálogo imaginario con María Teresa, la mujer con la que nunca había hablado.

A las nueve en punto el pase de lista estuvo completo y Corona quiso abrir por todo lo alto.

—Pido la comparecencia de la señora Teresa Herrejón, viuda de Vidal. La única esposa legítima del general Vidal y madre de dos inocentes angelitos que fueron las niñas de los ojos del tristemente fallecido militar. Si me hacen favor de pasar al jurado la fotografía de esas dos florecillas que aún ni sueñan con abrirse a la vida y ya han sido heridas de muerte por la asesina que les arrebató a su padre, condenándolas al trágico destino de la orfandad.

Las frases de Corona calaron hondo en el jurado, pero más en María Teresa. Zoila y Mirella. Dos inocentes, en efecto. Bajó la mirada y sólo volvió a alzarla para ver a la mujer a la que tantos meses llevaba temiendo: la otra Teresa. Hasta el 24 de agosto de ese mismo año, María Teresa había temido a los celos más que a cualquier otra cosa porque junto a Moisés habían alcanzado niveles insospechados. ¿Cómo podría soportar tener a la vista a esa mujer con la que su general había compartido intimidad y palabras de amor?

Tenía miedo de su reacción al verla y cuando lo hizo, sólo sintió ganas de abrazarla. A ti también te engañó, ¿verdad? A ti también te enamoró hasta hacerte pensar que no había vida más allá de sus ojos. Tú eres como yo.

Corona había exigido que ambas mujeres se sentaran a unos pocos centímetros la una de la otra para el careo. En sus sueños más febriles había pensado llevar con tal arte el interrogatorio, que alguna de las dos se lanzara a tironear de los pelos a la otra, lo mejor para el espectáculo era que se tuvieran a mano. El fiscal contaba con los probados celos de María Teresa, tan reales que la habían llevado a disparar seis tiros de un solo jalón. Lo que no tuvo en cuenta era que después de oprimir el gatillo y acertar, los cambios que se producen en el alma de quien mata son tan profundos, que ya no puede contarse con aquella otra alma que alguna vez fue. Tampoco reflexionó sobre la hermandad entre mujeres y menos en el lazo indivisible que Moisés tendió, sin proponérselo, entre las dos Teresas.

—Hermanas de leche, les dicen en mi pueblo —dijo la Naguala, quien con las demás y gracias a la mayora, podían seguir la transmisión por un radiecito que les prestó Talamantes. Nadie se rio de la broma, ni ella.

La Herrejón no dijo ni media palabra en contra de su rival. Refirió "circunstancias imponderables" cuando relató los argumentos con los que Moisés explicó su renuencia a regresar con ella y sus hijas a Veracruz. Habló de su matrimonio como de una alianza antigua, de su propio conocimiento sobre lo que significaba ser la esposa de un militar en tiempos de guerra. Dijo de Cosamaloapan y de las niñas. Nada de intimidades ni de muertos, pero tampoco de corazones rotos, y esa ausencia en el discurso provocó un profundo agradecimiento en la Landa, quien no fue menos y se apegó a la versión que sostendría hasta el día de su muerte: jamás supo de la otra vida de Moisés, por lo tanto, nada podía decir de su otra esposa. Ella había pasado los dos últimos años de su vida viendo a través de los ojos del general, oyendo por sus oídos, bebiendo de su aliento. Enceguecimiento o amor, ya no podía cambiarlo, pero no podía hablar ni bien ni mal de lo que desconocía y la vida de Vidal en Veracruz era territorio desconocido. Salvo por dos hermanos a los que no vio ni dos horas en toda su vida y quienes, por otro lado, no tuvieron a bien presentarse al juicio a pesar de estar en la lista de los testigos de cargo.

—Ya ve, ni siquiera los hermanos se atreven a dar la cara por ese hombre. El atentado de Vidal contra la honra de María Teresa Landa fue tan grave, que ni los de su propia sangre se atreven a defenderlo —intervino Lozano y el jurado asintió. El *mujerío* de las primeras filas empezó a soltar los primeros aplausos para el Príncipe de la Palabra. Tímidos aún. El viernes apenas estaba comenzando.

María Teresa Landa y Teresa Herrejón se vieron sólo unos instantes, y aunque no haya foto que lo documente, estuvieron a punto de abrazarse: era una misma piedra la que las había hecho tropezar y si hubiera justicia verdadera, lo justo habría sido que se ayudaran a curarse las heridas la una a la otra.

La Herrejón le dirigió a la Landa un gesto de reconocimiento, casi imperceptible para quien estuviera a más de medio metro de ellas y luego salió del recinto y de esta historia. No volvió la vista atrás ni en ese momento ni nunca. Así hacen las damas.

El encuentro de las Teresas no había terminado en el choque con el que Corona se relamía, pero eso no iba a amedrentarlo. Lo mejor estaba por venir.

Lozano requirió a Rafael Landa padre, Rafael Landa hijo y a Débora Ríos de Landa en ese orden. Ellos dijeron lo que ya sabemos: María Teresa empuñó el arma, pero la ofensa recibida por parte del finado les concernía todos, a todos había engañado, de todos se había burlado. Había sido ella, alma diáfana, la única que se había atrevido a igualar la balanza. Hablaron de las únicas devociones de María Teresa: la familia y los libros… hasta que llegó el *malhombre*. Se enumeraron sus virtudes, se alabó su carisma. Si ustedes la hubieran visto, iluminaba cualquier habitación en donde entraba. Su entrega como hija y como hermana. Su risa fácil quebrantada por el engaño. Su futuro reducido a cenizas.

Vinieron después dos amigas y un hombre que habló de María Teresa en particular, pero de la mujer moderna en lo general. Gonzalo Espinosa. Editor del *Excélsior*, amigo de la acusada, caballero intachable, letrado comprometido con el México moderno y con sus máximas representantes: las mujeres. Se refirió a las conversaciones que había tenido con la Señorita México y que lo habían hecho confirmar que si este país de bandoleros y generalotes podía recuperarse de las heridas de la guerra sería gracias a esas mujeres emancipadas que estaban tomando el lugar histórico que siempre les había pertenecido. María Teresa era una pionera que, más allá de su físico, gustaba de adornarse con ideas, con lecturas, con una mentalidad abierta y libre de prejuicios. "El futuro será feminista o no será", pudo haber dicho, pero no lo dijo porque a pesar de que siempre ha habido varones progresistas como Espinosa, al mundo le faltaba casi un siglo para empezar a tomarse en serio el feminismo.

María Teresa casi estaba tranquila. Casi. Sólo el maldito respaldo de la silla que la obligaba a mantener una postura antinatural. Y esa sonrisita de Corona... ¿de qué diablos se ríe si hoy, por fin, se habló en mi favor?, se preguntaba y la respuesta no tardaría en llegar.

Si nos atenemos a la Biblia, podríamos decir con toda certeza que primero fue el verbo. Lo que la aseveración no aclara es si se trata de la ejecución del mismo o de la invención de la palabra que nombrara dicho acto. ¿El cuento empezó a ejecutarse cuando apareció quien lo contara o desde antes? ¿Quién copió a quién?

La urdimbre de la vida hace mucho que anudó la realidad y la ficción de tal suerte que ya es imposible distinguirlas. ¿Cuál Comala es más real? ¿El pequeño pueblo colimense plagado de casitas blancas, o aquel muerto caserío donde Juan Preciado fue a buscar a su padre?

Corona, abogado que apenas se estaba estrenando en las lides de la fiscalía, muy probablemente se dejó llevar por la ola de películas entre detectivescas y melodramáticas, como *Amor, violencia y fortuna, Tempestad* o *El juicio de Mary Dugan* (aunque quizá para ésta no alcanzó boleto, porque habría sabido que la hipótesis que planeaba utilizar terminaba fracasando rotundamente en el filme), que hacían aparecer a las mujeres *modernas* como las únicas causantes de todos los males del mundo. O tal vez leía con demasiado fervor las notas de crímenes del periódico, donde, por ejemplo, cuando un hombre moría a manos de otro varón, los diarios gustaban de presentar como culpable a la única mujer de la historia, la cual, por su parte, no había empuñado ni media arma, pero en el fondo podía tachársele de asesina por haber tenido dos novios, por haber sido una "modistilla seductora, de ésas que encienden a los hombres hasta volverlos locos de remate".

En todo caso, y al día siguiente quedaría todavía más claro para el público, Corona no estaba en sus cabales cuando se sentó a escribir la estrategia de su ataque.

—Esto no es un simple asesinato, ¡fue homicidio con premeditación y ventaja!

Los padres de María Teresa, Rafa, Rafael, la acusada e incluso Lozano contuvieron la respiración. El miedo los paralizó por completo. Si Corona se había atrevido a decir públicamente aquello era porque alguna prueba oculta debía estar guardando.

En las afueras de Belén la muchedumbre también calló.

Desde el día anterior el gentío tenía tan abarrotadas las inmediaciones del Palacio Real de Justicia de Belén, que tuvieron que ser enviados los de la policía montada para mantener el orden entre aquellos que habían casi acampado por no perder su lugar (los más chismosos o los que con menos recursos contaban para sacar a la familia a diversiones más costosas), los vendedores ambulantes y reporteros llegados de varios estados de la República.

A la transmisión que se oía por las bocinas instaladas en Humboldt y Av. Juárez, se habían agregado docenas de buenos samaritanos que sacaron sus aparatos radiofónicos al balcón o al patio, según las dimensiones del cable o la habilidad de los electricistas que por ahí rondaran. El punto era que nadie se perdiera las palabras que se decían dentro y que, como era previsible, muchas terminaban perdiéndose por cansancio o timidez de los testigos.

No así las del fiscal Corona, quien al amanecer el segundo día del juicio, 29 de noviembre de 1929, se apersonó desde las seis de la mañana con la única finalidad de verificar que la *caja* de transmisión fuera colocada de *su* lado de la mesa. Tanta fe tenía en sí mismo, que la posteridad merecía no perderse ni media sílaba del imponente caso que había armado.

—¿La caja está prendida? ¿Sí se oye? —fue la frase que el público sin boleto más oyó de Corona, quien, a partir de ese día, sería conocido como el Cajón, y a quien Casasola retrató tomando notas, con su bigotito y su poco pelo, al lado del licenciado Bustos.

Junto a la mentada *caja*, que más bien parece centralita telefónica, aparecen Lozano, al fondo, y Gonzalo Espinosa, ya para ese momento redactor en jefe del *Excélsior*, pero antiguo conocido nuestro por haberse rendido a las miradas de la Señorita México 1928, cuando era gerente de la revista *Jueves,* quien no mintió cuando la noche de la final le dijo que en él tendría por siempre a un servicial y leal amigo. Fue de los pocos testigos de descargo que no se apellidaban Landa.

Todos volvieron a respirar cuando Luis G. Corona se lanzó, procurando que su límpida voz de vate estuviera cerca del micrófono, a explicar la teoría por la que cambiaba el homicidio simple, ejecutado por una mujer ligera de cascos que no sabía controlarse; por la de premeditación y ventaja de una fría asesina: los cajones del ropero.

Explicaba Corona con ardor cómo era del todo inverosímil que una mujer presa del frenesí hubiera podido abrir y cerrar los muebles con tanto esmero después de haber asesinado a su marido. ¿Cómo hizo para encontrar las medias buenas con las que llegó a la comisaría? ¿Por qué se puso ese kimono tan casquivano teniendo prendas más recatadas? ¿No sería para posar en esas fotos a las que tan afecta era? ¿Cómo supo encontrar el arma? Porque a él no iban a engañarlo, ¿quién iba a andar cargando semejante pistolón un domingo a las 10 de la mañana? ¿Dónde había quedado la lectura filosófica del finado? ¿Por qué no apareció en la escena el tratado de religiones que el general brigadier leía y sí en cambio ese folletín lacrimógeno más propicio para el poco seso de una reina de belleza que se pasea en cueros por estas calles del señor?

La rechifla, las carcajadas e incluso las cáscaras de pepitas no tardaron en llegar desde los asientos hasta el escenario donde actuaba la ley. Corona incluso oyó o creyó oír a la muchedumbre reírse de él. Y entonces comenzó a perder.

Corona se infringió a sí mismo un golpe brutal aun antes de que Lozano tuviera oportunidad de lanzar su ataque.

Con la compostura extraviada por las carcajadas de las que había sido objeto, el fiscal arremetió contra la prensa. Los acusó de ser los únicos culpables del alebrestamiento de las matadoras, del relajamiento de las sanas costumbres de los mexicanos, de la ola de robos y de asesinatos, de los descarrilamientos de tren y hasta del hambre. "Si por mí fuera, mañana mismo mandaba cerrar todos los periódicos del país", remató.

Jaime soltó la primera de las carcajadas al ver a sus colegas tomar notas a la velocidad del rayo, no fueran a cerrar edición, ¡había que cambiar las portadas!

Todos los periódicos del día siguiente, incluso *El Nacional*, se cebarían en Corona. Los caricaturistas se tomarían la tarde libre porque un mono les acababa de dar material de burla suficiente como para que el lápiz solito hiciera el trabajo. *Excélsior* rompió récords de ventas: "censura desde la fiscalía", "el representante del Estado amenaza con cerrar los diarios". Y si a ello agregamos que, efectivamente, el nuevo gobierno ya llevaba varias intentonas de cerrar dicho periódico (una de ellas con toma de instalaciones a cargo de la policía montada), aquello, unido al juicio del momento, disparó las ventas y la popularidad de diario. ¿Ven? Siempre tuvimos razón en defender a la Señorita México, podría haberse leído en alguna editorial del *Excélsior*, pero no se leyó porque, a diferencia de Corona, ellos sí supieron dónde detenerse.

Hacia las siete de la noche y dado el tremendo desorden que se había armado en la sala de audiencias, la falta de tiempo y el visible cansancio de todo mundo, el presidente de debates cerró las diligencias del día citando, como ocasión extraordinaria y sin que la medida siente precedente, a una audiencia sabatina.

Esa noche, Débora y Rafael por fin pudieron descansar un poco. Ella porque la Nana echó a todo mundo con cajas destempladas, y Rafael, porque, después de tomarse un coñaquito con Rafa y con Jaime, se retiró a descansar, pero bien se cuidó de dejar la puerta abierta. Lo tranquilizaba el rumor de los vasos, el olor de los cigarros, el tono apasionado con el que los jóvenes hablaban. Por primera vez en mucho tiempo, Rafael Padre sintió una minúscula tranquilidad: sus preocupaciones ahora podría compartirlas con su hijo. Pasara lo que pasara, tenía a alguien que le ayudara a soportar la carga de llevar a buen puerto a aquella familia.

El 30 de noviembre la chiquillada convirtió las pésimas calles de la ciudad en una pista de patinaje. Era apenas un centímetro o menos, pero los charcos se helaron hasta convertirse en un campo de juegos.

"Tengan mucho cuidado los excursionistas que se dirigen hacia el Popo o al Ajusco, las carreteras están enfangadas porque la helada nocturna nos dejó los caminos hechos un lodazal. Y ahora sí, vamos hasta el Palacio Real de Belén, donde hoy, por fin, conoceremos el destino de María Teresa Landa".

La primera novedad del día le cayó como patada en las muelas a Corona: le cambiaron "la infamante" silla a María Teresa por una poltrona, a petición no de su abogado, sino del mismísimo presidente de debates.

La orden del día era corta: interrogatorios de la fiscalía y la defensa a María Teresa y discursos de cierre de los abogados.

Lozano comenzó el interrogatorio a la acusada. La guio para que hablara de sus lecturas y su refinamiento. La conminó a que hiciera notar el gran triunfo que suponía para las mujeres mexicanas el hecho de que, por primera vez, una belleza nacional se hubiera medido en el extranjero. Un gran paso para librar a este país del estigma de incivilidad en el que la guerra nos hundió.

Lozano hizo que María Teresa se explayara en el amor. El de ella y el de su esposo. Porque jamás dejó de insistirle al jurado que la deshonrada mujer que tenían enfrente siempre creyó estar casada y como tal fue su proceder. De labios de María Teresa el jurado oyó una historia de amor triunfante que se alza contra los prejuicios de clase, de entrega total, de sacrificio. "Por Moisés dejé caer en el olvido a un pretendiente intachable con quien habría tenido una vida tranquila y a gusto de mi familia; él me pidió que no leyera periódicos y dejé de hacerlo, que no fuera a la escuela y me abstuve de ir, que dejara a mi madre y lo hice, si regresamos a vivir con ellos fue porque mi esposo así lo dispuso".

Lozano se encargó de hacer notar que las mujeres modernas también son temerosas de la ley, tanto la de Dios como la de los hombres. Tan era así en el caso de María Teresa, que al saberse mancillada y con acusación por el delito de bigamia, el furor la llevó a defender su honra hasta las últimas consecuencias. No hubo ataque, pura defensa.

Corona se notaba apabullado, un poco trastabillante. Alejado del micrófono y sin atreverse a cruzar la línea imaginaria que trazó él mismo para no tener que acercarse al balcón de la prensa, atacó a María Teresa con los argumentos que nunca debió haber cambiado: su liviandad. Que si las fotos del gatito, los desfiles, sus muchos sombreros, que tanta risa no era buena, que es pecado mortal arrancarle la vida a cualquier persona, ya ni hablamos del marido. De todas las embestidas se defendió María Teresa Landa y fue gracias a una pregunta del fiscal como María Teresa tomó por última vez la palabra:

"El jurado sabrá comprender cómo los imperativos de mi destino me llevaron al arrebato de locura en el que destruí mi felicidad junto con el hombre que amaba con delirio".

No hubo aplausos.

Los abogados sacaron lo más pesado de su arsenal para hacer sus cierres.

Corona habló de la vida segada y de la lujuria. Corona describió a una asesina.

José María Lozano, el Príncipe de la Palabra, se despidió de los tribunales aquella noche. Sabiendo que una vida entera a menudo sólo se recuerda por sus últimas palabras, se lanzó con un cierre de cinco horas por el cual pasaron filósofos, artistas, dioses y mortales.

A las 10 de la noche, Ignacio Bustos, presidente de debates, hizo desalojar la sala y cortar la transmisión dado que a Lozano no se le veía para cuándo.

El abucheo de las afueras de Belén se oyó hasta las regaderas del interior de la cárcel, donde varias mordían hasta las uñas ajenas por haber agotado las propias.

Lozano habló de sociedades e instituciones, si pudieran resumirse cinco horas de discurso en una sola frase, tendríamos que recurrir a la poesía y por supuesto, a una poeta, la más grande del país: Sor Juana.

Queredlas cual las hacéis
o hacedlas cual las buscáis.

"Primero las obligaron a la guerra. A tomar las armas junto a sus hombres o a reemplazarlos en la economía del hogar, luego les pidieron modernizarse, pero, al mismo tiempo, permanecer fieles a las tradiciones de sumisión que de ellas siempre se solicitaron. ¿Qué quiere pues el México moderno de sus mujeres? Las virtudes que se le exigen a las mujeres cambian más rápido que los tiempos. Lo que sí permanece como valor femenino es la honra", dijo Lozano. ¿Qué más podía hacer una mujer honrada como María Teresa al ver mancillado el único bien de valor con el que contaba para su sobrevivencia? Defenderlo.

María Teresa mató, concluyó, pero lo hizo porque la sociedad le falló en la promesa de defenderla.

Lozano, legista experimentado y antiguo defensor de los jurados populares, sabía que su intervención podía ser la última que un juicio de ese tipo pudiera oír, por lo que se tomó el tiempo para despedir a esa institución y, de pasadita, ganarse el favor de los nueve ciudadanos de quienes dependía su victoria:

"Yo amo al jurado popular porque es superior a los jueces de derecho. Porque sus componentes dictan sus fallos no apegados a la letra muerta de la ley, sino al dictado de su corazón de hombres".

Sabiéndose victorioso, Lozano agradeció con gracia la apabullante ovación con la que lo celebraron los pocos asistentes que quedaban en la sala de audiencias.

Con esa intervención terminó el ciclo de los jurados populares y, si nos fijamos a detalle, veremos que pese a haber resistido los ataques por 60 años, lo que este tipo de juicios no resistió fue la llegada de las mujeres a escena. El golpe de gracia llegó de la mano de la absolución de varias *matadoras de hombres*, entre ellas, Nydia Camargo, María Teresa Morfín, Alicia Olvera y Magdalena Jurado.

A las 2:15 de la madrugada del primero de diciembre, el jurado, por fin, se retiró a deliberar.

Cuarenta y cinco minutos después, María Teresa Landa fue absuelta por unanimidad.

José María Lozano fue recibido en la puerta principal del Palacio Real de Justicia de Belén por una multitud que lo levantó en hombros para darle el último paseo. El de la victoria total.

María Teresa, sostenida por los infatigables brazos de Débora, salió por la puerta trasera. El granizo cayó toda la noche sobre la Ciudad de México. El primero de diciembre de 1929, el Día de la Libertad de María Teresa, también era domingo.

1ro. de diciembre de 1929

"Triunfo del Sr. Lic. José María Lozano. El público aclama al tribuno, el fiscal no supo defender su requisitoria y provocó conflictos", anunció el periódico. El otro jurado, el que leía la prensa cada mañana, anunció un único ganador del evento: el abogado defensor. De María Teresa dijeron poco, apenas una línea "después de varios choques nerviosos durante el juicio, se halla completamente postrada". Poco a poco, la gente empezaba a olvidar a la Viuda Negra.

Nunca más regresó a la casa de Correo Mayor. Desde esa noche habitó la casa de Portales. Más abierta, más florida, donde la familia pudiera reunirse de nuevo. Hasta allá fue a verla Casasola y de esa visita resultaron unas fotografías bucólicas que hablan de libertad. Fueron capturadas por el ojo de un hombre que tuvo tanto amor por la humanidad, que quiso inmortalizarla en sus peores y en sus mejores momentos.

—Son los mismos, Tere. Aunque venga del pasado, no te olvides de la Leica. Úsala, quiérela, quizá sea la única que te dé esos recuerdos que uno necesita para creer que la vida ha servido para algo —le dijo aquel domingo o debió haberle dicho antes de capturar ese momento familiar en donde no aparecen la Nana ni el perico. La primera se habrá negado porque a los aparatos modernos los carga el diablo. El segundo no se ve, pero perfectamente puede imaginarse

detrás de la familia Landa, a punto de echar las alas al vuelo. Libre incluso de su nombre, porque nadie nunca volvió a llamarlo el Pequeño Brigadier. Ni siquiera a eso había quedado atado. De haber sido posible, el perico habría sonreído para la foto. Como jamás volvería a sonreír María Teresa Landa.

16

Venus triste

El 2 de diciembre, María Teresa tenía que regresar a la Cárcel de Belén para despedirse de las *viejas* y de la mayora, a dejar la ofrenda floral que le estaba debiendo al Sagrado Corazón de Jesús, a firmar las mil y una oficialidades que no había firmado.

Rafa había quedado de acompañarla, pero había salido temprano y nadie supo decirle a dónde. Mejor, pensó María Teresa. Mejor hacer sola mi primer camino como mujer libre.

Sola pasó los llantos de despedida y sola volvió a enfrentarse de nuevo a Casasola.

—¿Hasta cuándo me piensas seguir retratando, pues? —le preguntó.

—Hasta que se me acabe la vida —pensó o dijo el fotógrafo.

Ese lunes, dentro de la Cárcel de Belén, Casasola tomó la única fotografía en la que María Teresa aparece con una vestimenta de color claro. Tiene 19 años, pero ha vivido tres vidas al menos. Carga un pasado con el que sólo llegaría a reconciliarse a través de las palabras, de los libros, de la Historia.

Está a punto de abandonar para siempre la Cárcel de Belén. Ya es una mujer libre, viuda y emancipada. Una Venus triste.

Después de esa fecha, su biografía desaparece del registro hasta dos años después, en los que regresa a terminar la Escuela de Odontología. Quiso guardar silencio para que el mundo se olvidara hasta de su nombre.

4 de marzo de 1992

A las 23:15, con 81 años, en su domicilio de la colonia San Rafael, el corazón de María Teresa Landa se detuvo. Un conocido que vivía cerca llamó al médico que llegó a la medianoche, pero ya no había nada que hacer. Su cuerpo ya no resistió el peso de tanto amor y de tanta muerte.

Los periódicos no dieron cuenta de que había fallecido una mujer que dedicó la mayor parte de su vida a la enseñanza porque educar no da fama: la oculta. María Teresa lo sabía y, además de seguir una vocación, eligió el camino de hacer brillar a otros. Ella ya había tenido suficientes reflectores para muchas vidas.

Prefería ocultarse en las sombras del resplandor ajeno. Y lo consiguió. Sus alumnos brillaron. Algunos a lo grande, otros en la comodidad de unas vidas comunes, felices y plenas.

Por sus clases de historia, filosofía y literatura pasaron centenares de alumnos que terminaron enamoriscados de la profesora Landa. Algunos de ellos alcanzarían la fama en sus respectivas áreas de especialización, como el abogado Luis de la Barreda. Varios, entre ellos Héctor de Mauleón, escribieron sobre ella para dejar constancia del fervor con el que esa maestra sin sonrisa, pero llena de pasión y gentileza, educaba tanto a obreros (quiso formar parte de los afanes modernizadores de Vasconcelos y fue de las pocas mujeres que dieron clases en las escuelas nocturnas para trabajadores) como a futuras luminarias (Octavio Paz, por ejemplo).

Dicen que oírla relatar las batallas de los Nibelungos o de los Cristeros resultaba tan apasionante como escucharla provocar el pensamiento crítico de sus alumnos. ¿Hay moral en los asesinos? Me parece oírla preguntar y a veces oigo la respuesta afirmativa salir de sus labios; pero otras, creo que nunca pudo quitarse de encima haber empuñado el arma con la que asesinó su única posibilidad de ser feliz: mató el amor. Su único amor.

Se retiró después de 47 años de servicio ininterrumpido en las aulas. Dar clases fue su verdadera vida, de las otras prefería no hablar, ya suficiente se había dicho

Obtuvo el grado de maestra con una tesis sobre Anatole France llamada *La malignidad y la ironía de las cosas,* donde no se menciona ningún cajón. Se doctoró, *cum laude*, con un texto sobre Charles Baudelaire. Ella también había sido una flor del mal.

Nunca volvió a casarse.

Murió en paz.

El mundo y sus portadas, por fin, la habían olvidado.

Silencio.

Falsedades

- **Minacha**: Sí tuvo una amiga a la que llamó de tal modo, pero el personaje es la suma de todas las amigas de María Teresa. La configuración de su sobrenombre es una invención, pero las cartas sí existieron.
- **Jaime**: No existió, pero tuve que imaginarlo. En ningún periódico encontré información de cómo había llegado Moisés al velorio de la abuela, así que me lo inventé para darle continuidad a la trama y porque Moisés necesitaba un confidente para sus amores; y a la historia le faltaba un testigo. Una especie de brújula moral, aunque ya un poco imantada. Tenía que ser un amigo alejado de la milicia porque seguro los Landa no socializaban con uniformados, ¿y dónde más iba a encontrar Moisés amistades que no fueran de las milicias? En el edificio de Chile, pero tampoco podía ser una bataclana porque ay, tú, no fuera a ser que los Landa se contaminaran con el puro olor, seguro no iban ni a las funciones de género chico por no rozarse con la chusma, menos habrían invitado a alguna de ellas al funeral de doña Asunción. Lo ideal era un buen Jaime: un estudiante provinciano, con recursos y educación, pero sin dinero propio.
- **Viajes que no hizo**: quién sabe si María Teresa haya conocido más mundo geográfico. Tal vez incluso volvió a salir del país. Quizá pudo visitar esos lugares de los que tanto hablaba en sus clases, pero, prefiero quedarme con la idea de que sus viajes siempre los hizo a través de las palabras. De los libros.

- **Irene**: la empleada doméstica de los Landa en realidad se llamaba María, pero tuvo que ser rebautizada para no crear confusiones con la Otra María, nuestra protagonista. Tal parece que en este cuento todas las mujeres estaban destinadas a llamarse María o Teresa.
- **José María Lozano**: Todo en el personaje es real salvo que salió en hombros de la multitud. En realidad, los de la montada contuvieron el intento que sí hubo. Resguardaron a Lozano del amor popular y él salió del brazo de su esposa quien, quiero imaginar, lo acompañó a comerse los chilaquiles más apetitosos de toda su vida.
- **Todo lo demás**: Esta no es una biografía. Es un cuento lleno de boquetes parchados con mayor o menor tino. Que me disculpen sus estudiosos y, sobre todo, María Teresa Landa, la Viuda Negra, cuya red sigue atrapando, irremediablemente, a todos aquellos que revoloteamos en sus cercanías. Ésta es una novela histórica y como tal, es también la historia y las circunstancias de quien la escribe. Es pura subjetividad. Éste no es un documento académico, es la historia de un pestañeo y ya se sabe que en el lapso en el que los párpados permanecen cerrados todo puede pasar. Incluso la historia de María Teresa, autoviuda.

Fuentes consultadas

Publicaciones periódicas en prensa:

- De la sociedad tapatía. (25 de julio de 1928). *El Informador*, p. 5.
- Será acusado de bigamia. (20 de octubre de 1928). *El Informador*, p. 6.
- Toma interés el proceso de Teresa Landa. (30 de agosto de 1929). *El Informador*, p. 1.
- "Miss México" será llevada ya a jurado. (27 de noviembre de 1929). *El Informador*, p. 1.
- Hasta anoche continuaba el jurado de Teresa Landa. (1 de diciembre de 1929). *El Informador*, p. 1.
- El jurado popular absolvió ayer en la madrugada a María Teresa de Landa. (1 de diciembre de 1929). *El Informador*, p. 1.
- Se presentó a declarar ayer la criada que estaba perdida. (6 de septiembre de 1929). *El Nacional Revolucionario*, p. 1.
- María Teresa no mató al general. (29 de septiembre de 1929). *El Nacional Revolucionario*, p. 1.
- Próximo jurado de María Teresa Landa. (12 de noviembre de 1929). *El Nacional Revolucionario*, p. 1, sec. II.
- "Miss México" comparecerá hoy ante el jurado popular. (28 de noviembre de 1929). *El Nacional Revolucionario*, p. 1, sec. II.
- El jurado de María Teresa. (29 de noviembre de 1929). *El Nacional Revolucionario*, pp. 6, 8.

- Careo entre la acusada María Teresa de Landa y el señor Gral. P. Martínez. (30 de noviembre de 1929). *El Nacional Revolucionario*, p. 1.
- La Señorita México, María Teresa Landa, y su esposo, acusados. (25 de agosto de 1929). *La Prensa*, p. 1.
- La Señorita México mató a su esposo de 6 balazos. (26 de agosto de 1929). *La Prensa*, p. 1.
- Mexico will try american woman. (27 de octubre de 1929). *The New York Times*, p. 2.
- Mrs. Rush on trial for Mexico killing. (14 de noviembre de 1929). *The New York Times*, p. 22.

Publicaciones periódicas recuperadas:

- Australia, G. (16 de agosto de 2019). Una hermosa viuda negra absuelta. *El semanario sin límites*. https://elsemanario.com/vida-y-cultura/una-hermosa-viuda-negra-absuelta/.
- Buzek, I. (2018). El léxico carcelario mexicano durante el porfiriato y su lexicografía oculta: un estudio de caso. *Boletín de Filología*, tomo LIII, no. 1, pp. 35-61. https://scielo.conicyt.cl/pdf/bfilol/v53n1/0718-9303-bfilol-53-01-00035.pdf
- Canales, C. (julio-diciembre de 2018). La otra imagen histórica de la fotografía en México. *Antropología. Revista interdisciplinaria del INAH*, año 2, no. 5, pp. 116-126. https://revistas.inah.gob.mx/index.php/antropologia/article/view/15245/16216
- Escorza Rodríguez, D. (julio-diciembre de 2018). El Archivo Casasola, experiencia fundacional de la fototeca. *Antropología. Revista interdisciplinaria del INAH*, año 2, no. 5, pp. 26-34. https://revistas.inah.gob.mx/index.php/antropologia/article/view/15236/16209
- Gómez Zúñiga, A. (28 de noviembre de 2017). La Miss México que asesinó a su esposo. *El Universal*. https://www.eluniversal.com.mx/colaboracion/mochilazo-en-el-tiempo/nacion/sociedad/la-miss-mexico-que-asesino-su-esposo

- Hernández, B. (10 de julio de 2016). Miss México, autoviuda: balas, seda negra y rímel. *La Crónica*. https://www.cronica.com.mx/notas-miss_mexico_autoviuda__balas_seda_negra_y_rimel-971636-2016.html
- Massé, P. (julio-diciembre de 2018). Una mirada emergente. La fotototeca del INAH, la subjetividad y la fotografía documental. *Antropología. Revista interdisciplinaria del INAH*, año 2, no. 5, pp. 11-25. https://revistas.inah.gob.mx/index.php/antropologia/article/view/15235/16222
- Rodríguez Espinoza, E. (25 de agosto de 2017). Caso "Viuda Negra", la Miss México asesina absuelta en juicio popular. *Primera Plana*. https://www.primeraplanadigital.com.mx/blog/2017/08/25/caso-viuda-negra-la-miss-mexico-asesina-absuelta-en-juicio-popular/
- Speckman Guerra, E. (2005). El jurado popular para delitos comunes: leyes, ideas y prácticas (Distrito Federal, 1869-1929). *Historia de la justicia en México (siglos XIX y XX)*, Cárdenas Aguirre, Salvador, Coordinador. México. Suprema Corte de la Nación. https://sistemabibliotecario.scjn.gob.mx/sisbib/po2007/55447/55447_09.pdf

Otros:

- Expediente Único de Personal del Extinto General Brigadier Moisés Vidal Corro, resguardado en la Dirección General de Archivo e Historia de la Secretaría de la Defensa Nacional, y catalogado como D/111/3/1837. Con autorización para su consulta, numerada con el trámite 4817 y firmado por el subdirector general de Archivo e Historia, gral. brig. D.E.M. Andrés Ramírez Xochicali.
- Canal Biblioteca Jurídica (21 de agosto de 2020). *El jurado hechizado: el último juicio popular en México, charla del Dr. Luis de la Barreda Solórzano*. [Archivo de video]. YouTube. https://youtu.be/W0XZho7VjrU

Libros:

- De la Barreda Solórzano, L. (2013). *El Jurado seducido. Las pasiones ante la justicia* (2da. ed.). Ciudad de México: Porrúa.
- De los Reyes, A, coordinador (2006). *Historia de la vida cotidiana en México: tomo V: volumen 1: Siglo XX. Campo y Ciudad.* Ciudad de México: El Colegio de México/Fondo de Cultura Económica (Sección de Obras de Historia).
- De Mauleón, H. (2018). *La ciudad oculta 2: 500 años de historias.* Ciudad de México: Planeta.
- García Blanco, E. (2016). *En defensa de las ilusiones: las representaciones de una mujer delincuente en la prensa revolucionaria mexicana.* Tesis para optar por el título de Maestra en Historiografía. Universidad Autónoma Metropolitana Unidad Azcapotzalco, División de Ciencias Sociales y Humanidades, Posgrado en Historiografía. http://zaloamati.azc.uam.mx/handle/11191/7160
- Monroy Nasr, R. (2018). *María Teresa de Landa: una Miss que no vio el Universo.* Ciudad de México: Secretaría de Cultura: Instituto Nacional de Antropología e Historia (Colección Historia. Serie Logos).
- Ronquillo, V. (1996). "La viuda negra. Homicidio en defensa de las ilusiones", en *La Nota Roja 1920-1929.* Ciudad de México: Grupo Editorial Siete (Crónica).

Agradecimientos

A la licenciada Susana Barajas Juárez, jefa de la Sección de Consulta de Colecciones Microfílmicas y Digitales de la Hemeroteca Nacional de México, sin cuya dedicación y gentileza me habría sido imposible consultar los periódicos de la época; a ella debo no sólo información, sino el impulso para seguir adelante cuando la pandemia parecía haberme cerrado todos los caminos. Gracias, Susana, tu interés en esta historia guio a buen puerto la novela.

A Víctor Ugalde, quien, sin saberlo y gracias a un artículo compartido en una red social, me puso por primera vez en la pista de la Viuda Negra. Gracias, Vic, por tu espíritu generoso y lleno de curiosidad.

A Gabriela Márquez, quien me auxilió en la búsqueda de fuentes con esa alma altruista y siempre en busca del dato oculto, como buena historiadora. ¡Que vivan las bataclanas, amiga!

A todos los historiadores, biógrafos y periodistas que nutrieron esta ficción con su saber.

A los blogueros y fanáticos de la nota roja que han poblado la red con sus versiones de la Viuda Negra. Sospecho que muchos de ellos también quedaron atrapados en su telaraña.

A los jurados del III Premio de Novela Histórica Claustro de Sor Juana/Grijalbo: Mónica, Eduardo Antonio y Andrés, muchísimas gracias por la generosidad de su lectura.

A mi editora, Ángela Olmedo, quien además de haberle dedicado su atención y tiempo a la edición, hizo patente su bondad y empatía al apoyarme cuando las circunstancias personales se me vinieron encima.

Índice